쓰는 순간 특별한 삶이 되는

글 쓰는 시간

글 쓰는 시간

초판 1쇄 발행 | 2018년 11월 20일

지은이 | 윤창영
펴낸이 | 공상숙
펴낸곳 | 마음세상

주 소 | 경기도 파주시 한빛로 70 515-501

출판등록 | 2011년 3월 7일 제406-2011-000024호

ISBN | 979-11-5636-296-8 (03810)

원고 투고 | maumsesang@nate.com

ⓒ윤창영, 2018

* 값 13,200원

* 마음세상은 삶의 감동을 이끌어내는 진솔한 책을 발간하고 있습니다. 참신한 원고가 준비되셨다면 망설이지 마시고 연락주세요.

이 도서의 국립중앙도서관 출판예정도서목록(CIP)은 서지정보유통지원시스템 홈페이지(http://seoji.nl.go.kr)와 국가자료종합목록시스템(http://www.nl.go.kr/kolisnet)에서 이용하실 수 있습니다. (CIP제어번호 : CIP2018033517)

글 쓰는 시간

윤창영 지음

마음세상

살을 깎아 쓴 글

하는 일마다 성공하지 못해 좌절과 절망을 거듭한 삶의 연속이었다. 그리고 2015년 여름은 내 인생에서 가장 힘든 시기로 기억한다. 사람이 절망에 빠질 수 있을 만큼 절망한 시기였다. 내가 절망한 만큼 가족들도 절망했다. 앞이 보이지 않는 절망하는 인생 속에 내팽겨져 매일 술로 연명했다. 술을 마시고 잠이 들고 깨면 또다시 술을 마셨다. 몸도 마음도 아팠다. 바닥까지 떨어진 시기였다. 술의 늪에 빠졌다. 나오려고 하면 할수록 더 깊숙하게 빠져들었다.

알코올 중독의 극단까지 간 단계였다. 술을 마시고 흐트러진 모습을 가족에게 보여주기 싫어 엉망으로 취해 차 안에서 잠을 잤다. 누군가 깨워 일어나니 아내였다. 화를 내고 다시 잠을 잤다. 깨어보니 노모가 옆에 앉아있었다. 화를 내고 다시 잠을 잤다. 깨어보니 큰아들이 옆에 앉아있었다. 모두가 걱정 가득한 얼굴을 하고 눈물을 글썽이며 나를 바라보고 있었다.

고등학교 시절에 '순수하게 살자.'라고 마음먹은 적이 있었다. 백합의 하얀 꽃잎처럼 향기롭게 순결하게 예쁘게 살고자 하였다. 그런데 그때의 내 바람은 바람과 함께 사라지고 술의 늪에 빠져 허우적대고 있었다. 그런 내가 싫었다. 잘 살고 싶었던 인생이 나도 모르게 고등학교 시절 가장 싫어하던 모습이 되어 있었다.

옛날에 생각했던 순수. 그 순수한 삶을 다시 살아보고 싶었다. 나에겐 정신적으로나 육체적으로나 필요 없는 살들이 너무 많았다. 그 살들이 내 삶을 엉망으로 만들고 있었다. 다시 순수한 모습으로 살고 싶었다. 치열하게 사는 것이 삶의 군더더기를 칼로 도려내는 것이라 생각했다. 더러운 부분을 도려내고 씻어 고등학교 시절 생각했던 그러한 순수한 삶을 갖고 싶었다. 더러운 부분을 도려내려면 피를 흘려야 했다. 피를 흘리는 고통을 이겨내어야만 그런 부분을 내 살에서 내 삶에서 잘라낼 수 있다는 생각을 했다.

어디서부터 잘못되었는지를 생각해보았다. 나에게 더러운 살들과 더러운 생각이 생기기 시작한 출발점은 무엇일까를 생각해보았다. 삶을 힘들게 만든 것은 돈이 없다는 것이었지만 그것은 표면적인 이유에 불과했다. 어떤 것이 내 삶 속에 나쁜 씨앗으로 들어와 나쁜 꽃을 피워 삶을 악취 나게 하는지 그 원인은 알 수가 없었다. 하지만 옳게 사는 것이 무엇인지는 생각할 수 있었다. 절망의 연속인 생활이 진절머리가 났다. 어떤 것이 원인이 되어 내 삶을 피폐하게 만들었는지는 모르겠지만, 이건 진짜 내가 바라는 삶이 아니었다.

어떻게 하면 잘 살 수 있을까를 생각해보았다. 아주 단순한 대답이 나왔다. 술을 끊고 치열하게 사는 것. 느슨한 삶이 아닌 내가 할 수 있는 필사적인 몸부림을 처보는 것. 그래서 선택한 것이 막노동이었다. 돈 없고 가진 기술이 없는 사람이 선택할 수 있는 마지막 직업인 막노동을 하면서 정신과 육체의 군더더기를 없애고 싶었다. 정말 이제와는 다른 삶을 살고 싶었다. 이제껏 한 번도 육체적인 노동을 해본 적이 없어 자신이 없었지만 부딪혀보기로 했다. 새벽 5시에 일어나 인력시장으로 무작정 나갔다. 참을 수 없이 힘든 노동이 나를 치열하게 만들 수 있다는 생각을 했다. 인력 사무소 소장이 나를 보더니

"여기 처음입니까? 주민등록증 주세요."

첫 마디였다. 주민등록증을 주자

"무슨 기술 있습니까?"

"특별한 기술은 없습니다."

"알았습니다. 기다려보세요."

인력사무실에는 사람들이 30~40명 정도 앉아 있었다. 그들은 모두 작업복에 모자에 안전화를 신고 있었다. 운동화를 신은 사람은 나밖에 없었다. 커피를 한잔 마시며 앉아 있으니 내 이름을 불렀다.

"윤창영 씨, 저 사람 따라가세요."

그래서 간 곳이 현대 모비스 장생포 물류장 수리하는 곳이었다. 비계 일을 하는 곳이었는데 같이 일하러 간 사람이 나에게 할 일을 말해주었다. 파이프를 나르는 것이었다. 6M 파이프를 기술자가 작업하는 곳까지 날라다 주는 것이었는데, 하나 들어보니 너무 무거웠다. 그런데 다른 사람들은 두 개씩 들고 날랐다. 하나도 힘들어 쩔쩔매며 나르고 있는데

"아저씨 그러다 언제 다 나릅니까? 두 개씩 나르세요."

그 말을 듣고 두 개를 어깨에 짊어지려고 해보았지만, 도저히 할 수 없었다.

"무슨 일을 그렇게 합니까. 그래 일해 놓고 일당 받으려고 합니까?"

언성을 높이며, 다가와서는 파이프 드는 요령을 가르쳐 주었다. 처음에는 잘 안 되었지만, 어느 정도 하니 요령이 생겼다. 다음으로 한 것이 발판을 옮기는 작업이었는데 파이프보다 더 무거웠다. 그것도 두 개씩 나르는 요령을 욕을 들어가면서 배웠다. 하루 일을 무사히 끝을 내자 온몸이 쑤시고 아팠다. 그렇게

해서 받은 일당이 9만 원이었다. 다른 사람들은 10만 원을 받았지만, 초보라서 9만 원밖에 주지 않았다. 그리고 현장에서는 나이 따위는 소용이 없었다. 기술자들이나 일을 시키는 사장들은 막노동하는 일꾼을 인격적으로 대우해주지 않았다. 일이 힘든 것은 어느 정도 참을 수 있었으나 인격적으로 모욕을 받는 일은 참을 수 없었다. 어떤 현장에서 이제 20대 중반밖에 되지 않은 기술자가 막말해대는 것을 참는다는 것은 진짜 힘이 들었다. 하지만 이 일은 나의 살을 깎는 일이라 생각을 하며 참아내었다. 이제껏 인생을 막산 벌이라 생각했다.

비계일 뿐만 아니라 잡부가 되어 여러 가지 일을 했다. 곰방이라고 벽돌과 모래를 위층으로 옮기는 일도 하였다. 힘든 일이었기에 일당도 15만 원을 주었다. 일당이 많은 일이었기에 큰아들을 데리고 가서 함께 한 적도 있었으며, 작은아들을 데려가기도 하였다. 그리고 아들들에게 이야기했다.

"어떤 일을 하든지 일하는 것은 부끄러운 것이 아니다. 놀면서 술이나 마시는 것이 부끄러운 것이다. 이제 아빠는 술을 마시지 않는다. 그리고 부끄러운 아빠가 되지 않기 위해 어떤 일이든 할 것이다."

사실 막노동을 하면서 부끄럽기도 했다. 어떤 현장에 일하러 간 적이 있었는데 일을 맡긴 사장을 보자 얼굴이 화끈거렸다. 그 사장은 옛날 다녔던 회사인 KOO 후배였다. 일이 힘든 것보다 초라한 내 모습을 보여주는 것이 너무 부끄럽다는 생각이 들었다. 하지만 '이것이 끝이 아니다. 언젠가 제대로 일어선 내 모습을 보여주고 말 대다.'라는 생각을 하며 이를 악물었다.

그리고 2016년 여름이 되었다. 비계 일도 어느 정도 익숙해졌는데, 땅에서 한 15M 정도 높이에서 일하다 뜨거운 열기를 이기지 못하고 현기증으로 몸이 휘청거린 적이 있었다. 그러다 땅으로 떨어져 내리면 목숨을 잃게 되는 위험한 상황에 부닥치게 된 것이다. 방송에서는 이런 일을 하다 죽게 되는 사람의 뉴스를 수시로 들을 수 있었기에, 이렇다가 죽을 수도 있다는 생각이 들었다. 그리고 술도 완전히 끊었고 정신적으로도 안정이 되었다는 생각이 들어 막노동을 그만두었다. 이 일을 통해 다시 살아갈 힘을 얻었다. 그리고 어떤 일이든 할 수 있다는 자신감도 생겼다. 절망의 바닥을 확인한 것이다. 바닥에서는 더 내려갈 곳이 없고 올라갈 일만 남았다는 것을 깨달았다.

이제껏 내가 한 일 중 가장 힘든 일을 한 시기였다. 어떻게 보면 치열하게 살자고 한 일을 실천한 것이 되었으며, 일이 고통스러울수록 내 정신과 육체의 군더더기를 칼로 잘라내는 아픔을 겪어내는 일이라 생각했다. 하루 일을 끝내면 카페에 가서 글을 썼다. 글을 쓰지 않으면 난 막노동꾼으로 사는 것이지만 글을 쓰면 난 작가로 살아가는 것이 된다는 생각을 하였기 때문이다. 막노동하며 밥도 하루 한 끼밖에 먹지 않았고 술도 마시지 않았다. 그러다 보니 자연스레 살이 빠졌다. 정신의 부정적인 생각의 군더더기도 없어지기 시작했다. 그때 쓴 시이다.

詩 ─────────────────
살 깎기

요즈음 한창 살을 깎고 있다.
한 10킬로 정도 깎았으니
몸이 홀쭉해졌다.

요즈음 한창 정신도 깎고 있다.
욕망을 깎고 슬픔도 깎으니
정신도 홀쭉해졌다.

그래서 아프기도 하다.
깎여져 나가는데 어찌 아프지 않으랴?

몸이 깎이고
정신이 깎여
연필이 되었다.

그 연필로 글을 쓴다.

죽도록 힘이 든다면, 죽고 싶은 생각이 든다면 극기훈련을 한번 해볼 것을 권하고 싶다. 죽을 용기가 있으면 어떤 일이든 하지 못하겠는가? 나도 그때 죽고 싶은 생각밖에 없었다. 잠을 자려고 눈을 감으면 절벽에서 떨어져 죽는 상상을 하였다. 하지만 이렇게 죽기에는 내 인생이 너무 억울했다. 이렇게 죽으면 남겨진 가족은 어떻게 살란 말인가? 가족을 생각했다. 그리고 막노동을 했으며, 이제 그 생활에서 탈피하였다. 다시 희망을 품게 되었으며 가족과 함께 전과는 다른 인생을 살고 있다.

아내는 가끔 이런 말을 한다.

"당신이 글을 쓰지 않았다면 그 어려움을 극복할 수 없었을 거예요."

그 말에 전적으로 동의한다. 글쓰기를 하지 않았다면 난 다시 알코올 중독자가 되었거나, 막노동꾼으로 남았을지도 모른다. 글을 썼기에 난 다시 시작할 수 있었으며, 글을 쓰는 그 순간만큼은 진정한 내 자아를 발견하는 특별한 순간이 되었다. 이 책에는 곳곳에 시가 들어있다. 삶이 힘들 때마다 시를 썼고 삶과 시는 분리할 수 없기에 함께 실었다. 글쓰기를 하니 글은 시가 되었고, 시는 삶이 되었다.

제1장
쓰는 순간 특별한 삶이 되다

성공하지 못한 것이
인생의 실패를 의미하는 것은 아니다

많은 부분에서 성공하지 못했다. 공부를 잘해서 좋은 대학교에 간 것도 아니고 회사 생활을 잘하지도 못 했고 사업에서 성공하지도 못했다. 20개가 넘는 중소기업을 들어갔다 버티지 못해 나오는 것을 반복했다. 그때마다 좌절했고 절망했다. 사는 것이 힘들어 죽고 싶다는 생각도 많이 했다.

실패한 인생이라고 자신을 옭아매었다. 실패라는 밧줄에 정신이 묶여 창의적인 생각을 할 수 없었고, 어떤 일을 해도 성공하지 못해 절망적인 삶에서 허덕였다. 그러다 보니 습관적으로 술을 마시게 되었다. 예전엔 사람과 어울리는 술좌석에서만 마셨으나, 반복되는 추락으로 인해 어느 순간부터 혼자 있을 때도 술을 마셨다.

술은 더 큰 절망을 가져왔다. 술이란 것은 불과 같다. 긍정적인 불에는 긍정을 더 하고 부정적인 불에는 부정을 더 한다. 기분 좋을 때 마시는 술은 절제가 되지만 기분 나쁠 때 마시는 술은 절제가 되지 않는다. 사람이 어디까지 절망할 수 있을까, 절망의 끝은 어디일까를 생각하며 자학하는 삶을 참 오래도록 살았다. 그러면서 느낀 것은 절망의 끝은 없다는 것. 절망은 바닥이 없으며 더 아래로 더 아래로 내려가는 계단만 있다는 것. 죽음이 절망의 끝이 될 수 없다는 것.

절망으로 인해 죽음은, 자신을 사랑해준 사람들에게 또 다른 절망을 가져다 줄 뿐이라는 것을 느꼈다. 다시 계단을 오르려 했지만, 떨어지기는 쉬워도 올라가기는 절대 쉽지 않았다. 계단이 미끄러워 수 없이 넘어져 떨어지고, 다시 올라가는 악순환이 반복되었다. 그럴 때마다 글을 썼다. 글을 쓰는 것으로만 위안이 되었고 상황정리가 되었으며, 다시 일어설 힘을 얻게 되었다.

글을 쓰면서 실패했다고 생각한 삶은 결코 실패가 아니었다는 것을 알게 되었다. 단지 성공하지 못했을 뿐이라는 것. 목숨이 붙어 있는 한 희망이 있으며, 성공은 꼭 돈만을 의미하지는 않는다는 것을 알게 되었다. 돈을 벌어야 했기에 회사를 들락거리고 사업을 했다. 할 수 있는 발버둥은 모두 쳐보았지만 한 번도 성공하지 못했다.

글을 쓰면서 돈을 버는 성공만을 못했을 뿐이지 인생 전부가 실패한 것은 아니라고 느꼈다. 그 숱한 좌절도 삶의 일부이고, 삶을 살찌우는 풍요로운 거름이라고 느꼈다. 실패했다고만 생각했던 삶을 곰곰이 돌이켜보니 잃은 것이 별로 없었다. 단지 돈만 벌지 못했을 뿐 가족도 그대로며, 밥을 굶는 것도 아니었다. 언제든 무엇이든 다시 시작할 수 있다는 생각이 절망에 빠진 마음에 다시 활력을 불어넣어 주었다. 55세, 남들은 새로 무엇을 시작하기에는 늦은 나이라고 할 수도 있겠지만, 결코 그렇게 생각하지 않는다. 옛날보다 평균연령이 많이 늘어났고, 아직도 살아가야 할 많은 시간이 남아있다. 무엇을 시작하기에,

무엇을 이루기에 아직 늦지 않으며, 시작하는 데에 늦은 나이는 없다. 단지 늦었을지도 모른다는 생각이 있을 뿐이다. 그런데 그 생각조차도 내가 늦지 않았다고 생각하면 늦지 않는 것이 된다. 다른 말로 하면 스스로 늦었다고 인정하는 그 순간이 늦은 때이다.

무엇을 다시 시작할 것인가? 이런 의문은 성공하지 못한 사람이라면 누구나 가지는 의문점이다. 시작의 의미는 사람마다 다르겠지만, 숱한 시행착오를 겪으며 생각과 몸이 체득한 경험에서 출발하기로 했다. 그 출발은 내가 서 있는 바로 이곳에서 시작한다. 가장 잘 할 수 있는 것. 그리고 의미 깊은 것. 그래서 글쓰기를 선택했다. 책을 쓰는 작가가 되기로 했다. 국어국문학을 전공했으며, 논술학원을 했으며, 등단했고 많은 글을 썼다. 그리고 많은 시행착오를 겪은 풍부한 경험을 가지고 있다. 책을 쓰는 작가로서의 객관적 조건은 모두 갖추고 있다.

이제껏 책을 내어야겠다고 구체적으로 계획을 세워본 적이 없는 이유가 돈을 벌어야하기 때문에 시간이 없다고 생각한 탓이다. 어떻게 책을 내어야 하는지, 무얼 써야 하는지도 몰랐다. 돈 버는 것 때문에, 책을 내는 것은 나중에 여유가 있을 때 하면 된다고 생각했다. 그런데 살아오는 동안 그런 여유가 없었다. 왜냐면 여유를 가질 만큼 돈을 충분히 가져본 적이 없기 때문이다.

지금 현실도 돈이 없기는 마찬가지다. 직업도 없고 크게 벌어놓은 재산도 없다. 과거에도 이런 경우를 많이 겪었다. 그때는 글을 쓸 생각은 하지 않고 막노동이라도 해서 돈을 벌어야 한다는 생각뿐이었다. 그런데도 지금 글을 쓰려 하는 것은 제일 잘하는 일이 글을 쓰는 일이고, 글을 쓰면 행복하기 때문이다. 또한, 여유는 돈이 많은 것을 의미하는 것이 아니라 글 쓸 시간을 만드는 것을 의미한다는 것을 느꼈기 때문이다. 그렇게 많은 회사를 들락거리면서도, 그렇게 술을 마시면서도, 그렇게 절망하면서도 놓지 않은 것이 글쓰기였다. 왜 성공하려 하는가? 그 주된 이유가 행복한 삶을 살기 위해서이지 않은가? 그렇다면 글을 쓰면서 행복해진다면 그것이 진정한 의미의 행복이 아닐까? 이런 맥락에서 본다면 행복해지는 것이 성공이다.

책은 성공한 사람들의 스토리가 대부분이다. 절망적인 상태를 난 이렇게 극복하고 성공했다. 나처럼 하면 당신도 성공하게 된다.'와 같은 성공 안내문. 하지만 난 성공하지 못한 삶을 그대로 보여주고 싶다. 이 시대가 그러하듯, 성공하지 못한 사람들이 아주 많다. 그들에게 동병상련의 마음을 갖게 해줌으로 공감을 끌어내고 싶다. 그들은 실패한 것이 아니라 단지 성공하지 못한 것이며, 아직도 늦지 않았고 다시 시작하면 된다는 메시지를 전해주고 싶다. 또한, 삶은 물질적인 성공 없이도 충분히 행복해질 수 있다는 말을 해주고 싶다.

또 한 가지는 가족이다. 내가 넘어지고 쓰러질 때마다 힘이 되고 버팀목이 되어준 가족들의 이야기를 쓰고 싶다. 책은 거창한 주제만, 꼭 지식이 많아야만 쓸 수 있는 것이 아니라, 가족의 소소한 이야기, 살아가는 이야기가 어쩌면 더 가치 있는 글이 될 수 있다.

"성공하지 못했다고 해서 결코 인생이 실패한 것은 아니다."

성공하지 못했다고 불행해지는 것도 아니며, 좌절할 필요도 없다. 이 책을 통해 성공하지 못해도 행복하게 사는 내 삶을 그대로 보여주고 싶다.

나는 왜 쓰는가

아내가 물었다.

"당신 왜 글을 써?"

"그냥 쓰고 싶어서."

"무슨 대답이 그래? 남에게 교훈을 준다든지, 돈을 번다든지, 위대한 작품을 써서 후대에 이름을 남긴다든지. 그런 이유가 있어야지."

"글쎄. 굳이 이유를 따진다면 의미를 찾기 위해서라고 할까?"

"무슨 의미?"

"거창한 의미는 아니고 작은 의미, 장미나 백합보다는 들꽃, 나라를 구할 큰 이념보다는 살아가면서 느끼는 소소한 즐거움 같은 그런 의미."

"그건 누구나 다 할 수 있는 거 아냐? 작가라면 누구나 할 수 없는 것을 써야 그게 작가지, 누구나 다 할 수 있는 것을 쓰는 것이 무엇이 작가야?"

"누구나 다 할 수 있지만, 나만이 느끼는 것이 있어. 난 그 느낌에 가치를 부여할 거야."

"그것이 가치가 있을까?"

"물론 있지, 사람마다 느낌은 다 같을 수가 없어. 그리고 살다 보면 정말 가치 있는 것을 놓치고 살아가는 경우가 많지. 공기가 없어 봐 살 수 없잖아. 그런데 항상 있으니 당연히 있는 거로 생각하고 가치를 느끼지 못하잖아. 가족도 그렇게 항상 있으니까 당연히 있는 거로 생각하고 소중한 가치를 느끼지 못하고 살아가는 경우가 많잖아. 그런데 가족을 잃어봐 가족에게 소홀하게 한 것에 대해 얼마나 후회를 하게 되는지."

"당연한 것을 소중하게 느끼기 위해 글을 쓴다고요?"

"그래 당연한 것이 얼마나 소중한 가치가 있는 것인가를 느끼게 해주기 위해서야."

"그러면 당신이 이야기하는 당연한 일이라는 것이 어떤 것인가요?"

"큰 것이 아니야, 작은 것. 아침에 일어나서 서로를 보고 이야기하고 밥을 먹고 출근을 하여 사람들을 만나고 저녁에 들어와 함께 쉬는 것."

"그것이 글 쓸 거리가 되겠어요. 매일 일상적으로 반복되는 일이고 어쩌면 지루할 수도 있는 일인데요."

"꼭 텔레비전 뉴스처럼 사고가 나거나 큰일이 일어나야지만 좋은 글이 나오는 것은 아니야. 우리 주변에, 당신이 말한 매일 반복되어 지루할 수도 있는 일상적인 일들 속에서도 글 쓸 거리는 무궁무진해. 사람들은 매일 시간을 선물 받았지. 그 시간 속에는 많은 보물이 숨겨져 있어. 그 보물을 찾아 글을 쓰는 거야."

"보물이라고요?"

"그래, 보물. 아가의 웃음도 보물이고, 당신이 가족을 위해 음식을 하는 그 손도 보물이고, 어머니의 주름진 얼굴도 보물이고, 아이의 커가는 모습도 보물이고 누군가를 위해 흘리는 눈물방울도 보물이야. 찾아보면 보물 투성이고 보물

아닌 것이 없어. 하지만 사람들은 그것을 보물이라고 생각하지 않는 것 같고, 그런 것들을 글로 쓰지도 않는 것 같아. 당신이 말한 것처럼 당연한 것이 무슨 소중한 가치가 있냐고 했듯이 말이야. 나는 그런 소소한 작은 것들에 가치를 부여하고 싶어. 보물이란 것이 뭐야? 가치가 있는 것 아니겠어. 일상의 삶에서 일어나는 작은 일들에 가치를 부여하면 그것이 곧 보물이 되는 거야. 그것들을 다른 사람에게도 가치 있는 것이라는 것을 알게 해주고 싶은 거야. 찾기만 한다면 보물이 아닌 것이 없어."

"그럼 당신의 그 툭 튀어나온 배도 보물이겠네요? 하하."

"그럼 이것도 보물이지 이 속에는 무궁무진한 보물이 들어있어. 한번 볼래? 하하."

보물은 꼭 귀금속이나 돈만을 의미하지는 않는다. 행복한 인생은 누구나 원하는 삶이다. 귀금속이나 돈만 많으면 행복해지지 않는다는 것을 알면서도, 인생의 많은 시간을 그것을 갖기 위해 보낸다. 하지만 많은 돈이 없어도 행복한 삶을 살 수 있다는 것 또한, 누구나 알고 있는 사실이다. 단지 그 방법을 모를 뿐이다. 돈보다 더 소중한 보물이 우리의 삶 속에, 시간 속에 무궁무진하게 숨겨져 있는데 그것을 찾는 방법을 모르기 때문에 돈만 벌려고만 아우성을 친다. 행복을 주는 가치인 일상적인 삶 속에 감추어진 무한한 보물. 찾으려고만 하면 얼마든지 찾을 수 있는데, 보물이 있는지도 모르고 불평을 하면서 불행하다는 생각을 가지고 힘겹게 살아가는 사람이 주위엔 아주 많다. 내가 글을 쓰는 것은 작은 것에서 감동을 찾아 행복을 느끼기 위해서다. 그리고 할 수만 있다면 행복을 찾는 보물 탐색꾼들에게 글로 전해주고 싶어서이다. 작은 것에서 행복을 찾는 모습을 보여줌으로 그들도 생활 속에서 행복을 발견할 수 있었으면 하는 바람이 있어서다. 그것이 곧 내가 행복해지는 방법이다. 내가 글을 쓰는 이유는 행복해지기 위해서이다.

글쓰기의 힘

　글을 쓴다는 것은 어떤 대상에 새로운 의미를 부여하는 일이다. 남들은 지나쳐버리는 달팽이에게도, 잠자리에게도 가치를 부여하여 새로운 의미를 창조하는 것. 불행한 현실에서도 긍정의 가치를 발견하여 새로운 의미를 부여함으로 불행을 불행으로 끝나지 않게 하는 것이다. 그것이 글의 힘이다.

　그런 글의 힘이 있었기에 20번이 넘는 좌절에서도 다시 일어설 수 있었다. 남들은 몇 번의 좌절에서도 무너져버리는 경우가 많지만, 난 20번이 넘는 추락에도 다시 일어섰고 지금 행복하다. 그런 글의 힘을 다른 말로 바꾼다면 사거리 신호등에서 자기의 갈 길을 알게 해주는 신호등이라고 말하고 싶다. 쉬어야 할 때와 출발할 때를 알게 해주고, 직진해야 할지 옆길로 가야 할지 알게 해주는 것.

　나의 경우 복잡한 상황에 부닥치면 일단 무작정 글을 썼다. 문맥에 상관없이, 비문에 상관없이. 무작정 글을 빠르게 써 내려 가다 보면 더 생각이 나지 않는 시점에 도달한다. 글을 다 쓰고 난 후, 내가 쓴 글을 다시 읽어보면 뒤엉킨 여러 개의 생각 덩어리를 눈으로 보게 된다. 그 생각 덩어리를 종류별로 나누고 문단으로 재구성하면 정리된 한 편의 글을 만날 수 있다. 그 글을 읽어보면 문제가 보이고 그 문제에 대한 답을 얻게 된다.

현재 처한 문제를 알고 있고, 그 문제를 해결하기 위한 답을 알고 있는데 더 무엇이 나를 좌절하게 할 것인가? 물론 한 번에 문제와 답까지 찾을 수 없는 경우가 많다. 하지만 계속하다 보면 문제의 정체와 해결할 수 있는 답을 결국에는 찾게 된다. 그리고 그 답에 따라 행동하면 된다. 물론 내가 답이라고 생각한 것이 답이 아닌 경우도 많다. 하지만 그럴 경우라도 과거의 문제는 더 현재의 문제로 남아 있지 않게 된다.

나를 다시 일으켜 세우는 힘. 그것은 나의 경우 글을 씀으로 가능했다. 결국, 글 쓰는 것의 힘이 나를 쓰러질 때마다 다시 일으켜 세워주었다. 이와 같은 경험은 비단 나만의 경험은 아닐 것이다. 그리고 아니어야 한다. 만약 지금도 좌절에서 허덕이는 사람이라면 무작정 글을 써보기를 권한다. 그러다 보면 문제의 본질을 눈으로 확인할 수 있게 될 것이다. 싸움은 보이지 않는 적과 할 때보다 보이는 적과 할 때가 훨씬 수월하다. 그것은 사격 훈련장에서 눈을 감고 총을 쏘는 것과 눈을 뜨고 총을 쏘는 것에 비유할 수 있다. 결과는 뻔하지 않은가.

몸을 튼튼하게 유지해야 건강한 삶을 살 수 있듯이, 정신도 병들지 않으려면 튼튼하게 생각의 근육을 길러야 한다. 생각의 근육을 기르는 일은 책을 읽는 것이며, 다른 사람과 소통하는 것이다. 하지만 아무리 튼튼한 생각을 하고 있다고 하더라도 글로 표현하는 훈련이 되어있지 않으면 글쓰기가 쉽지 않다. 글쓰기도 하나의 훈련이다. 그 훈련은 많이 써 보는 것이다. 첨삭을 받으면 효과는 배가 된다. 많이 쓰다 보면 상황에 맞는 단어가 자연스럽게 튀어나와 힘이 있는 문장으로 표현된다. 그 힘이 있는 문장이 삶을 풍요롭게 한다. 그것이 글쓰기의 힘이다.

생가의 시력

요즈음 백수가 되어 재미있게 놀고 있다. 그렇게 돈을 벌려고 안간힘을 썼는데, 결국 백수가 되었다. 백수가 된 김에 그동안 하지 못했던 글을 쓴다. 글은 틈틈이 썼지만, 언제나 글에 대한 갈증이 깊었다. '우선 돈이 되지 않으니 돈과 시간적인 여유가 있을 때 쓰자.'라는 생각을 하며 차일피일 미루다가 55살이 되었다. 지금도 살림이 어려운 것은 마찬가지지만 더 미루면 안 된다는 절박감이 글 쓰는 데에 몰입하게 했다.

며칠 전 예전에 다니는 직장에서 다시 와줄 수 없느냐는 연락을 받았다. 한참 글이 재미있어 온종일 글만 쓰고 있는데, 또 글쓰기에 방해가 되는 복병을 만났다. 요즈음처럼 어려울 때, 특히 울산은 현대자동차와 현대중공업의 불황으로 실직자가 엄청 많아 직장 구하기가 하늘의 별 따기만큼이나 어려운데, 일하러 오라니 얼마나 고마운 일인가.

갈등에 빠졌다. '지금 글을 쓰지 않으면 언제 또 글쓰기 시간이 주어질 것인가? 가장이 꿈속에 빠져있으면 가족은 어떻게 살아가야 하는가? 현실과 꿈이 부딪혔다. 이제까지 여유가 있을 때 글을 쓰자고 미루어왔는데, 삶에 여유 있는 시간은 존재하지 않았다. 그 때문에 항상 현실적인 문제부터 해결하고자 돈을 버는 일을 선택했다. 그러다 보니 세월만 흘러갔고 나이만 들었다. 스스로 물어보았다. 지금 돈을 버는 것이 좋은지, 아니면 글을 쓰는 것이 좋은지. 당연히 글을 쓰는 것이 좋다는 해답을 얻었다.

아내에게 물었다.

"전에 다닌 ○○에서 다시 일해 달라는 연락을 받았어."

"정말, 잘됐네요."

앓던 걱정이 뽑힌 듯한 표정으로 말했다. 그 표정을 보고 차마 말을 꺼내기가 어려웠다.

"그런데 일보다는 글을 쓰고 싶어."

그 말을 하면서 아내의 표정을 조심스레 살폈다. 하지만 아내의 표정은 바뀌지 않고 그대로 미소를 머금으며 말했다.

"지금 당신 나와 의논하는 것 맞죠?"

"그래, 당신과 의논하는 거야. 당신이 일하러 가라고 하면 글 쓰는 것을 다음으로 미루고 일을 하러 갈게."

"아니에요. 당신이 하고 싶은 글을 쓰세요. 그리고 나중에 돈을 벌어야겠다는 생각이 들 때 그때 일을 하세요."

아내가 돈 때문에 많이 걱정하는 것을 알고 있는 터라 그 대답은 의외였다.

"이제껏 그렇게 글을 쓰고 싶어 했는데, 사는 것 때문에 못 했으니, 이제 당신이 하고 싶은 글을 원 없이 써보세요. 제가 정말 감당이 안 될 때 그때 말할게요."

그렇게 말해주는 아내가 무척 고마웠다. 그리고 아내가 덧붙였다.

"이제껏 당신은 나와 의논한 적이 그렇게 많지 않아요. 의논해주는 이 자체만으로 저는 굉장히 자존감이 생겨요. 당신 글 잘 쓰는 것은 제가 아니까 이제 책도 내고 원 없이 한번 써보세요."

"그래, 알았어. 고마워."

이렇게 해서 전 직장에 성의는 고맙지만 가지 않겠다는 연락을 했다. 그런데 갑자기 '아니 그렇게 아내와 의논하지 않은 남편이었나?'라는 생각이 머리를 스치고 지나갔다. 이제껏 어떤 일이든 아내와 의논하여 결정했다고 생각했는데, 그렇지 않았다는 생각이 들었다. 어떤 일을 결정할 때 내가 먼저 생각한 후 결정을 하고 아내에게 통보 내지는 동의를 구하는 형태로 진행되었다는 것을 느꼈다. 아내가 반대해도 아내의 의사와는 무관하게 내가 결정을 하고 밀어붙이기 식의 의논이었다. 그것은 의논이 아니라 고집이었다. 그동안 아내가 당신은 고집이 센 남자라는 말을 하였지만, 그때마다 '아니 내가 무슨 고집에 세, 고집 센 남자 보지도 못했나?' 하는 생각을 하곤 했다. 자신을 합리적인 사고의 소유자라고 생각하며 살았는데, 돌이켜보니 그렇지 않고 내 고집대로 한 경우가 매우 많았음을 깨닫게 되었다. 내가 가진 하나의 고정관념의 벽이 깨어짐을 느꼈다.

살아가면서 자신이 옳다고 생각하고 행동하는 것이 때때로 고집이나 고정관념에서 비롯된 것들이 많다. 이것은 비단 나만의 문제는 아닐 것이다. 그것은 자기에게 유리하고 익숙한 것이 진실이라는 착각 속에서 본질을 제대로 보지 못하는 탓이다.

안경을 하나 써야겠다. 현실을 제대로 바라보는 시력이 1.0이라면, 내 생각의 시력을 1.0에 맞출 수 있는 안경을. 그래야 흐릿하게 보이는 삶을 선명하게 볼 수 있으리라.

"생각의 시력이 선명해야 현실을 선명하게 바라볼 수 있다."

그래서 나는 오늘도 글을 쓴다

　처음 글을 쓸 때는 그냥 글을 쓰는 것이 좋았다. 그러다 고등학교 시절 공부에 흥미를 잃으면서 수업시간에 달리 할 일이 없었다. 감수성이 풍부한 나이라 글을 쓴 후 그 글 읽는 것이 좋았고, 비를 좋아하던 탓에 비에 대해 상상하고 글로 표현하는 것이 즐거웠다. 그러다 보니 자연스레 국어국문학과에 지원하게 되었다. 하지만 국문학과는 문학을 공부하는 곳이지 글을 쓰는 과는 아니었다. 언어학, 고전문학, 현대문학을 배웠지만, 이곳에서도 공부에 대해서는 크게 관심을 가지지 못하였다. 학점을 따기 위해 시험공부를 했고, 취업하기 위해 영어를 공부했다. 그러다 '가ㅇ문학회'라는 글쓰기 동아리에 가입하였다. 이곳에서 합평하면서 글쓰기에 대해 조금 눈을 떴다. 그러다 국문학과에 나처럼 글을 쓰고 싶어 하는 학생들이 많다는 것을 알게 되었고 창작 학회를 만들어 조금 더 농도가 깊은 글쓰기를 했다.

동아리 위주로 운영이 되었기에 글도 썼지만 선, 후배 사이의 유대관계가 중요시되었다. 문학을 공부하던 시기라 글의 가치를 문학성에 두었다. 고등학교 때부터 막연하게 순수하게 살고 싶다는 생각을 했고 순수의 가치를 문학을 통해 표현하고 싶었다.

쓰고 싶은 글이 무엇이냐고 묻는다면, 소통하기 위한 글이라 말하고 싶다. 소통은 하나의 세계와 하나의 세계가 연결돼 오고 가고 하는 것을 의미한다. 글쓰기는 다른 사람이 가진 세계와 나의 세계를 잇는 통로의 역할을 한다는 말이다. 옛날에는 소통의 방법이 몇 가지 되지 않았다. 작가와 독자는 책으로 소통을 하고, 가족이나 지인 등과는 전화기나 편지로 소통을 하였다. 하지만 SNS의 등장으로 글을 통한 소통의 영역이 무한대로 확장되었다. 옛날에는 나와 특별한 사람과 이루어지던 소통이, 이제 불특정 다수로 확장된 것이다.

사람은 어차피 혼자 존재할 수 없으며, 소통함으로 존재 가치를 얻게 된다. 내가 가진 무언가를 남에게 나누어주고 남이 가진 무언가를 받는 소통. 그러면 어떤 것을 주고 어떤 것을 받을 것인가? 그것은 삶의 가치이다. 경험에서 축적된 가치를 글을 통해 주고받는 것이다. 그러면 굳이 내가 직접적인 경험을 하지 않고서도 남이 고생하며 터득한 가치를 나누어 가질 수 있으며, 내 글을 읽는 다른 사람도 마찬가지이다.

특히 사람은 행복을 추구하며 산다. 그런데 행복이나 불행이나 모두 인간이 만든 개념에 불과하다. 인간은 완전하지 못하고 인간이 만든 개념도 불완전하다. 그 불완전한 개념은 생각하기에 따라 바뀔 수 있다. 그렇기에 자신이 불행하다고 생각하는 사람이 내가 쓴 글을 읽음으로 행복한 이유를 찾게 되어, 자신이 불행하다고 생각하는 상황이 꼭 그렇지만은 않은 것이라고 느낄 수 있다.

자신이 불행하다고 생각하지 않으면 그것은 절대 불행이 될 수 없다는 걸 내 경험을 통해 알려주고 싶은 것이다. 그리고 다른 사람이 나에게 전해주는 삶의 언어를 통해 그들이 말하는 가치를 내 삶에 적용하여 더욱 행복하게 살고 싶다. 그래서 난 오늘도 글을 쓴다.

글쓰기는 대세다

글쓰기는 대세다. 요즈음 책을 내고 싶어 하는 사람들이 많지만 글쓰기가 되지 않아 다양한 지식, 경험이 있음에도 불구하고 책을 내지 못한다. 꼭 책을 내지 않는다고 하더라도 글을 잘 쓰면 살아가는 것에 많은 도움이 된다. 글이라는 것은 삶의 동반자이다. 인간의 발달과정에서 글이 생김으로 기록이 되고 그 기록을 바탕으로 문화와 문명이 급속도로 발전하게 되었다.

글이라는 것은 그만큼 중요하며 글을 쓸 수 있다는 것은 인간의 특권이다. 하지만 많은 사람이 어렸을 때부터 글을 대하지만 글을 잘 써지 못 해 불편을 겪고 있다. 왜냐하면 제대로 된 글쓰기 교육을 받지 못했기 때문이다. 초등학교 들어가기 전부터 글자를 배우지만 글쓰기 교육은 제대로 받지 못한 채 성장하는 것이 대부분이다. 정규 교과 과정에서 글쓰기란 과목이 없이 국어 속에 포함이 되는데, 국어를 가르치는 교사조차 어떻게 글을 가르쳐야할지 모르는 경우가 많으며, 부모도 제대로 된 글쓰기 교육을 받지 못했기 때문에 아이들은 글은 어려운 것이라는 생각으로 성장하게 된다.

글을 잘 쓰면 좋은 점이 한두 가지가 아니다. 글은 상상력을 길러주어 창의성을 갖게 할 뿐만 아니라 합리적인 생각을 하게 하고 이해력, 분석력 등 정신적인 힘을 길러준다. 또한, 교육적인 측면에서 본다면 아이들은 과거 주입식 교육 세대와는 달리 많은 글쓰기 상황에 부딪히게 된다. 학년이 올라갈수록 단답식 문제보다는 서술형 답을 요구하는 문제가 늘어나고, 대학 입시에서는 자기소개서도 작성해야 한다. 또한, 취업할 때도 마찬가지이다. 이뿐만이 아니라 직장 생활을 할 때도 글을 잘 쓰면 여러 가지로 혜택을 입게 된다. 문학적인 글뿐만 아니라 실용적인 글을 잘 쓰는 사람은 그렇지 못한 사람에 비해 능력 있는 사람으로 인식되게 되는 것이다.

그렇기에 글쓰기는 어릴 때부터 쓰는 연습을 하여야 한다. 글은 형태와 그 형태(문장, 맞춤법 등) 속에 담기는 내용(사실, 느낌, 창의성, 이해력)으로 판단을 하는데, 글쓰기를 처음 시작하는 아이들에게 형태적인 부분을 지나치게 강요하면 안 된다. 글짓기 선생님이나 엄마들은 보통 띄어쓰기와, 틀린 글자 등 글의 형태적인 부분을 지적하는 경향이 많이 있어 아이에게 상처를 준다. 글쓰기에 상처를 받은 아이들은 으레 글쓰기를 싫어한다. 왜냐하면 어렵다고 인식하기 때문이다. 한번 어렵다고 인식이 되어버리면 평생 글쓰기를 멀리하게 되는 경우가 생길 수 있다. 그 고정관념을 바꾸려면 무척 어렵기에 처음 글쓰기를 접하는 아이들에게 이 부분은 무척 조심해야 할 문제이다.

이 시기의 아이들 글은 무조건 칭찬을 해주어야 함을 명심해야 한다. 무조건 잘했다. 이런 칭찬이 아이들에게 글쓰기에 대한 동기를 유발한다. 칭찬하는 방법은 글의 내용 중에서 좋은 부분을 찾아내어 구체적으로 해주어야 한다. 입에

발린 칭찬인지 진심 어린 칭찬인지 아이들은 금세 알 수 있다. 아이들은 성장 과정에 있기 때문에 조급하게 글 잘 쓰기를 바라서는 안 된다. 많이 쓰면 자연스럽게 글쓰기 힘이 생기게 된다.

글을 잘 쓰는 방법은 많이 쓰는 것 이외에는 없다. 글을 쓴다는 것은 머릿속에 든 생각을 문자화시키는 것이다. 글을 많이 쓰는 것은 훈련의 한 종류이다. 이런 훈련을 많이 하게 되면 글쓰기는 자연스럽게 잘하게 된다. 칭찬해줌으로써 동기부여를 하고, 동기가 생긴 아이들은 자연스럽게 글을 쓰게 된다. 글쓰기와 친하게 만드는 것이 현재 글을 좀 더 잘 쓰고 못 쓰고 하는 것보다 더 중요하다. 논술학원을 하면서 글쓰기를 무척 싫어하는 아이들을 많이 보아왔다. 그런 아이들의 뒤에는 부모의 욕심이 있다.

그런 부모도 글쓰기에 대해서는 잘 모른다. 그 사람들이 아는 것은 글을 잘 쓰면 좋다는 것. 그렇기에 일기 쓰기를 강요하고 틀린 글자와 띄어쓰기만 지적하며 아이들의 글쓰기에 대한 의지를 꺾어 버리는 것이다. 실제 띄어쓰기에 대해서는 지도하는 부모도 제대로 모르는 경우가 대부분이다. 글쓰기를 지도하는 것은 먼저 아이들에게 글쓰기는 재미있는 것이라는 것, 글쓰기는 칭찬받는 것이라는 인식을 심어주는 것이 선행되어야 한다.

책 읽기를 많이 하는 아이들이 글을 잘 쓴다는 편견은 버려야 한다. 물론 도움이 되겠지만 책을 많이 읽기만 한다고 글을 잘 써지는 것은 아니다. 왜냐하면 글쓰기는 훈련이라고 앞에서 언급한 이유이다. 많이 쓰는 것에는 당할 수가 없다. 그렇다고 책 읽기가 중요하지 않다는 것은 아니다. 많이 알면 쓸 것이 많아지는 것은 당연하다. 단지 글쓰기는 많이 써야 잘 쓰는 것이지 책만 많이 읽는다고 잘 써지는 것이 아니기 때문이다. 책을 읽다 보면 자연스레 문장의 구조를 익히게 되고 생각을 깊이 있게 하게 되며, 쓸 말이 많아지게 마련이다. 그런 아이들은 조금만 자기 생각을 글로 표현하는 방법을 말해주면 금방 잘 쓰게 된다. 하지만 꾸준히 쓰지 않으면 금방 글 쓰는 방법을 잊어버리게 된다.

글쓰기는 생활화되는 것이 가장 좋다. 일기 쓰기가 글쓰기에 도움이 된다는 것은 누구나 알고 있다. 하지만 매일 쓰기란 습관이 되지 않으면 어렵다. 앞에서 글 잘 쓰는 방법은 많이 쓰는 것 이외에는 없다고 했다. 그렇다면 생각할 수 있는 것은 글을 쓰는 시간을 만들 수 있느냐의 문제에 부딪힌다. 글 쓸 시간이 없어 글을 쓰지 못한다는 말을 많이 듣는다. 그렇다면 '글 잘 쓰는 사람은 글 쓸 시간을 의도적으로 만들 수 있는 사람이다.'라는 말이 성립된다. 왜냐면 글이란 것은 글 쓰는 시간에 비례해 힘이 생기기 때문이다.

글을 잘 쓰고 싶다면 글을 쓸 시간을 만들어야 한다. 아이들이 글을 잘 쓰기를 원한다면 하루에 10분이라도 글을 쓸 시간을 만들어 주라. 대부분 공부하는데 노는데 시간을 보내지만 정작 글 쓰는 데는 시간을 할애해 주지 않는다. 글잘 쓰기를 바라면서 글 쓸 시간을 만들어주지 않는다는 것은 앞, 뒤가 맞지 않는 이야기다. 아이들에게 글쓰기란 재미있는 것이고, 글쓰기는 칭찬을 받는 일이라는 동기부여가 된다면 아이들은 자연스럽게 글쓰기 환경에 노출된다. 쓰지 말라고 해도 쓰게 된다.

아이들이 글쓰기 편한 글은 생활문, 독서감상글, 일기 등이다. 이 셋을 다 하면 좋겠지만 하나만 선택하라면 생활문을 들고 싶다. 생활문이란 말 그대로 자기가 겪은 생활 속의 일을 적는 것이다. 그렇기에 아이들이 기억에 남을 만한 일이나, 최근의 일을 적게 하는 것이 좋다. 생활문은 하나의 일을 자세하게 적어야 한다. 여러 가지 일들을 조금씩 나열식으로 적어 분량만 많게 하는 것은 좋지 않다. 어떤 일에 대해서 적는다면 그 한 가지 일을 시간 순서로 생각을 나누어 한 가지씩 순서대로 적게 하거나, 일의 진행 순서대로 적게 하면 된다.

생활문은 자세하게 표현하게 하는 것이 좋다. 그리고 분량도 중요하다. 분량이 늘어나면 묘사와 그에 따른 느낌이 자연스럽게 뒤따른다. 절대 이것해라, 저렇게 해라 강요하지 말 것이며, 많이 적도록 유도하고, 감탄해주는 것만으로 아이들은 글쓰기 방법(생각을 글로 표현하는 방법)을 스스로 터득할 수 있다. 어릴 때부터 글쓰기에 대한 연습이 되면 성장할수록 글은 더욱 더 잘 써 지게 되며 나중에는 책을 내어 작가가 될 수도 있다.

글쓰기만으로 치유가 된다

심리상태가 불안정하거나, 극도로 스트레스를 받은 사람은 누군가에게 하소연하는 것만으로도 어느 정도 치유가 가능하다. 또한, 과거의 나도 회사에서 스트레스를 받으면 마음 맞는 직원이나, 친구를 불러 술을 마시며 이야기를 나누면, 어느 정도 스트레스가 해소되었다.

이처럼 누군가에게 이야기하는 것만으로도 치유가 되는 것처럼, 글을 써도 말로 하는 것 이상으로 치유 효과가 있다. 글을 쓰는 것도 백지에 자신의 심정을 하소연하는 것이 되어 쓰는 그 자체만으로 치유가 된다. 오히려 말보다는 글을 쓰는 것이 더 효과적이다. 왜냐하면 말은 내뱉는 순간 없어지지만, 글로 써 기록으로 남겨두면 읽을 때마다 치유가 되는 것이다.

아내는 말을 참 많이 한다. 나에게뿐만 아니라 언니들에게, 조카들에게, 그리고 친구들에게, 교회 셀 식구들에게, 이야기하는 대상도, 주제도 다양하다.

아내의 이야기를 들으니 이것은 아내만 그런 것이 아니라 여자의 특성인 것 같다는 생각을 하였다. 아내는 상대방에게 말을 함으로써 스트레스를 해소하고 스스로 치유를 하는 것 같다. 아내는 전화로 30분 넘게 이야기를 하고도

"자세한 이야기는 만나서 해요."

라고 말한다. 또한 남자들은 하지 않는 말이지만 여자들은 일상적으로 하는 말이

"카페에서 만나서 수다 떨어요."

라는 말이다. 이런 점을 생각하면 누군가에게 말을 한다는 것 자체가 즐거움이고 치유가 되는 것 같다.

말만 해도 이런데, 더욱 심도 있게 글로 써본다면 어떨까? 답변은 뻔하다. 대부분 남자는 여자처럼 수다를 그렇게 많이 떨지 않는다. (물론 안 그런 남자도 많다.)

수다를 떨지 않는 대신 글을 써본다면 어떨까? 스트레스는 쌓이면 병이 된다. 남자는 보통 술을 마시며 스트레스를 푸는 경우가 많다. 과거의 나도 많은 술을 마시며 스트레스를 풀곤 하였다. 하지만 술이란 것은 순간의 스트레스 해소는 시켜줄 수 있겠지만, 더 큰 역효과를 가져오기도 한다. 과음으로 몸을 상하게 하거나 그다음 날의 일에 영향을 주기도 하고, 음주 운전이나, 과다한 지출을 일으켜 상황을 악화시키기도 하는 것이다.

술은 득보다는 실이 더 많다. 이제부터라도 술 문화를 글 쓰는 문화로 바꾸어보면 어떨까? 글을 쓰면 술이 주는 스트레스 해소 효과보다 몇 배 더 큰 효과가 있으며, 자신의 경험을 다른 사람과도 나누어 보다 나은 사회를 만들 수도 있다.

앞서 언급한 2015년 최악의 상황에서 벗어날 수 있게 한 것은 글쓰기였다.

글을 씀으로서 생각의 막힌 혈관이 뚫어지는 경험을 하였다. 글을 쓰는 행위 자체가 나에겐 치유였다. 생각의 혈관을 뚫어 생각이 잘 흐르게 되자, 사고하는 힘이 길러졌다. 또한, 술을 끊는 데도 많은 도움이 되었다.

그래서 생각의 혈관만이 아니라 육체의 혈관도 뚫어졌다. 220까지 올라갔던 혈압이 술을 끊자 정상으로 돌아왔다. 그 이전에 혈압약을 먹었는데, 아무리 좋아져도 170 아래로는 떨어지지 않았던 것이 술을 끊자 약을 먹지 않아도 정상이 되었다. 혈압약은 한번 먹기 시작하면 평생을 먹어야 한다고 들었는데, 술을 끊은 지 3년이 된 지금은 약을 먹지 않아도 정상이다. 물론 의학의 문외한인 내가 모르는 다른 요인이 있을지도 모르겠지만,

글을 씀으로써 생활이 안정되다 보니 보이지 않는 병도 회복이 된 것이라고 믿고 있다. 글쓰기는 정신의 치유만이 아니라 육체의 치유도 되는 것을 경험하였다.

글쓰기와 생활은 분리할 수 없다

　살아가면서 글을 써야 할 상황에 많이 부딪힌다. 초등학교 들어가기 전부터 글자를 배운다. 그리고 초, 중 고등학교에서도 백일장 대회 등에 참가하면서 글쓰기를 장려한다. 또한 예전에는 사지선다형이나 단답형을 요구하는 시험 문제가 많았지만, 요즈음은 서술형 문제가 점점 더 늘고 있다. 보통의 학부모들은 아이의 성적에 민감하다. 아이가 아무리 다양한 지식을 가졌다 할지라도 글쓰기가 되지 않으면 서술형 문제의 답을 쓸 수가 없다. 다시 말하면 글을 잘 쓰면 성적이 향상될 수 있다는 말이다.

　또한, 대학 입시에는 논술 특례 전형이 있다. 논술도 어차피 글쓰기가 선행 되어야 한다. 과거의 논술 시험은 서론, 본론, 결론 형태의 완성된 논술문을 요구하였다. 하지만 요즈음은 그것보다는 짧은 형태의 답안을 요구한다. 어느 것이나 쉽지가 않다. 글쓰기가 되지 않으면 우선 문제가 무엇인지조차도 깨닫기 어렵다. 설령 안다고 해도 논술 형태의 완전한 문장으로 표현하기도 어렵다. 또한, 문예창작학과의 경우 전국 글쓰기 대회의 입상 경력은 가점이 되기도 한다. 즉, 글쓰기 능력으로 신입생을 뽑는다는 말이다.

그리고 대학입시의 학생부 종합 전형에서는 자기소개서를 써야 한다. 많은 학생이 자기소개서 쓰기 어려워하며, 이것 때문에 가고자 하는 대학에 갈 다른 요건은 갖추었으면서도 포기하는 경우가 많이 있다. 또한, 대학교 가서도 리포트, 학위 논문 등을 쓸 때도 글을 잘 쓰면 아주 유리하다.

학창시절만이 아니라 사회생활 할 때도 글쓰기는 필요하다. 회사 생활을 할 때 공문을 쓴다든지, 기획한다든지 할 때 글을 잘 쓰면 유능한 인재로 인정을 받는다. 또한, 사업을 할 때도 사업계획서를 써야 한다. 글쓰기는 일상생활의 한 부분이며, 글쓰기를 못 하면 많은 부분에서 불이익을 당할 수 있다.

글쓰기가 어렵다는 말을 많이 듣는다. 당연히 어렵다. 자전거 타는 방법을 모르고 자전거에 올라타는 것과 같다. 조금도 못 가서 넘어진다. 자전거를 타려면 연습을 하면 된다. 글쓰기도 마찬가지다. 글 쓰는 것은 어려운 것이라는 고정관념에 사로잡혀 아예 글을 쓰려 하지 않는다.

우리나라 글쓰기 교육은 많은 문제를 가지고 있다. 글쓰기는 중요하다는 말을 그렇게 많이 하고 있고, 학부모들도 중요한지 잘 알고 있다. 그런데 학교 교과목에는 글쓰기 과목이 없다. 한 마디로 학생과 부모가 알아서 하라는 것이다. 독서의 중요성도 쉴 없이 이야기한다. 하지만 독서 과목도 없다. 이것도 알아서 하라는 것이다. 중요하다고 침이 마르게 이야기를 해놓고 교육은 하지도 않으면서 알아서 하라. 이것은 앞, 뒤가 맞지 않는다. 사실 글을 쓰는 처지에서 볼 때, 학교 선생님도 글을 잘 쓴다고 믿기 어렵다. 왜냐하면 그 선생님도 글쓰기 교육을 받지 않은 세대이기 때문이다.

그런데 수학은 어떤가? 미분, 적분 등 일상생활에서는 거의 사용되지 않는 과목이 아이들의 인생을 좌우할 만큼 중요시된다. 나의 경우에도 고등학교 시절 수학 포기자였다. 내 머리로는 도저히 수학을 이해할 수 없었다. 그런데 그것이 대학의 당락을 좌우할 만큼 중요했다. 한 세대가 지난 지금도 수학의 중요성은 과거 못지않게 중요하다.

무언가 맞지 않는 것이 아닌가? 일상생활에 널리 쓰리고 있으면서도 학과목에조차 끼이지 못하는 독서와 글쓰기, 일상생활에는 필요가 없는 미분과 적분. 개인적인 생각으로는 난이도가 높은 수학은 교육과정에서 그것이 필요한 특정한 분야에만 국한하고, 그것을 대체하여 독서와 글쓰기 과목을 넣어 교육해야 한다. 이것이 정상적이라고 생각한다.

글쓰기는 단시간에 되는 것이 아니다. 어릴 때부터 꾸준히 하여야 가능하다. 하지만 훈련을 통해 어느 정도는 가능하다. 연습하고 훈련을 하면 일상생활에 전혀 문제가 없을 정도로 쓸 수 있으며, 자서전 등의 책도 낼 수 있다.

그런데 문제는 글쓰기는 어렵다는 선입관이다. 글쓰기는 절대 어려운 것이 아니며, 요즈음은 맞춤법 검사를 하는 프로그램도 많기 때문에 글을 써두고 퇴고를 하면 완전한 문장 쓰기가 가능하다. 예전에 글을 처음 시작할 때, 틀리는 것을 빨간색으로 표시를 하며 고친 것이 무의식에 그대로 남아 글을 쓰는 방향으로 나아가게 하면 빨간 등이 켜져 가지 못하도록 한다. 글을 쓰고 싶다면 무조건 써보기를 권한다. 그러다 보면 잘 써지는 것이 글이다. 글을 쓰는 것은 글을 쓰는 글자 수에 비례하여 잘 쓰게 된다. 어차피 쓰면 도움이 되는 글쓰기, 빠르면 빠를수록 좋지 않을까?

제2장
일과 술이 섞여 썩은 삶
글쓰기로 맑아진 삶

나와 맞지 않는 옷,
술에 화상을 입다

89년 12월 대학교 4학년 때, 취업하기 위해 대략 80군데 정도 이력서를 내었다. 하지만 서류전형이 통과된 곳은 거의 없었다. 지방대학교의 국어국문과 졸업생을 선택할 회사는 좀처럼 만나기 어려웠다. 요즘 말로 스펙이 도저히 취직할 정도가 되지 못했다. 그때 과에서 취업 추천을 받았다. 현ㅇㅇㅇ 총무부, 사보를 만드는 일이었다. 그곳에 다른 친구와 나 둘이 면접을 보았다. 둘 중의 한 명은 취업이 보장된 자리여서 기대를 많이 했다.

그런데 89년은 현ㅇㅇㅇ이 노사분규가 절정에 이르렀을 때였다. 면접을 보았지만, 누구에게도 합격 통보가 오지 않았다. 다른 방향으로 입사를 알아보던 중, 당시 큰형님이 Kㅇㅇ에 날 추천해주었다. 형님의 추천에 힘입어 입사시험을 보고 면접을 거쳐 최종 합격하였다. 그리고 울산영업소로 1990년 1월 1일부로 발령을 받았다. 그 당시 Kㅇㅇ 입사 동기는 200명이었고, 울산 영업소에는

6명 정도가 배치되었다. 90년 1월 첫 주는 내내 비가 왔다. 당시 울산이 처음이었던 동기들은 여기는 어떻게 매일 비가 오냐고 투덜댈 정도였다. 출근 후 10일 정도 지나자 현○○○에서 합격했다는 통보가 왔다. 노사분규로 인해 정신이 없어 통보하지 못했다는 설명과 함께. 그런데 이미 K○○에 발을 내린 상황이라 그 합격을 받아들이지 못했다. 어쩌면 그 일이 내 적성과 맞는 일이라는 생각이 들어 나중에 K○○를 선택한 일을 많이 후회하기도 했다.

그해 10월 19일 아내를 처음 만났다. 입사 동기 중의 한 명이 하○○○ 경리부 아가씨들과 미팅을 주선하였고, 그 모임에서 아내를 만났다. 일이 늦어져 약속 시각보다 한 시간이나 늦게 미팅 장소에 도착했다. 늦게 가는 것이 미안해서 당시 울산에서 유명한 빵집이었던 '파란풍차'에서 빵을 한 아름 사서 갔다. 나중에 아내에게 들은 이야기지만 그 빵을 사 온 것에 호감이 생겼다고 했다. 그렇게 아내와 만나 다음 해인 91년 6월 2일 결혼까지 하게 되었다.

신입사원 때부터 일은 나와 맞지 않았다. 자동차에 도료를 납품하는 담당이 있었는데 어린 내가 억센 그들을 감당하기엔 너무나 힘이 들었다. 그 스트레스로 매일 술을 마셨다. 술로 인해 아내는 나보다 더 큰 스트레스를 받았다. 결혼한 후 1년이 지난 9월에 큰아들이 태어났고 아버지가 되었다.

어깨는 더 무거워졌고 하루하루 힘든 일을 쳐내는 것으로 몸과 마음은 엉망진창이 되었다. 회사를 그만두려고 했지만, 가족이 생겼기 때문에 그만두지 못했다. 그 당시 자동차 페인트 창고에는 J 창고장이 있었는데, 그때까지 만난 사람 중에 제일 감당하기 어려운 사람이었다. 이 사람만 극복하면 세상 어떤 어려운 사람을 만나도 극복할 수 있을 거란 생각이 들 정도로.

지금은 전산으로 업무를 처리하지만, 그때까지만 하더라도 거래명세표 작성은 수작업으로 이루어졌다. 월 매출이 50억이 넘고 ITEM 수도 3,000가지가 넘었기에 아무리 신중히 처리하더라도 거래명세서와 납품 실물이 틀리는 경우가 종종 발생했다. 그럴 경우 바로 잡아야 하는데, J 창고장은 그냥 넘어가는 법이 없이 우리를 괴롭혔다. 자동차와 K○○ 월 마감 금액이 일치해야 세금계산서 발행이 되고 수금을 할 수 있는데, 단 1원이라도 금액이 틀리면 수금을 할 수 없어 경영진의 자금 운용에 막대한 차질이 발생할 수밖에 없었다. 그런 불상사가 생기지 않게 하려고 문제가 생기면 어떻게 해서든지 담당자 선에서 해결해야 했으며, 그런 약점을 J 창고장은 교묘하게 이용했다. 틀린 거래명세서를 들고 바로잡기 위해 찾아가면 그는 한 번에 처리해준 적이 없었다. 사람의 진을 빼며 괴롭혔다. 그것은 엄청난 스트레스였고, 그 일이 발생하여 처리될 때까지 매일 술을 마셨다. 매번 통닭을 사 가거나, 저녁에 따로 불러내어 회식을 시켜주어야 처리해주었다.

어느 정도 업무가 익숙해지자 직장상사로부터 스트레스를 받기 시작했다. K○○ 인사시스템은 진급하면 다른 부서로 이동하게 하는 시스템이다. 대리로 진급하면서 신입사원부터 함께 했던 대리와 과장도 진급하며 다른 영업소로 발령을 받아서 후임 과장이 새로 왔다. 나는 집이 울산이어서 다른 곳으로 가기를 원치 않아서 그 자리에 그대로 있을 수 있었다. 새로 온 과장은 자동차에 대해 전혀 모르는 사람이었다. 나는 신입사원 때부터 거의 5년 정도를 한 자리에서 일을 했기에 직급은 낮았지만, 업무 파악은 부서의 누구보다 앞서 있었다. 그런데 새로운 상급자는 일을 자신의 업무 스타일에 맞추어 달라고 요구했다. 그것은 쉽지가 않았고 사사건건 부딪쳤다. 그 때문에 또 술을 많이 마셨다. 95년 가을이었다. 둘째 아들이 태어난 지 100일이 채 되지 않았을 때인데 음주운전을 하여 사고를 냈다. 사중 충돌로 내 차는 불이 났고 난 병원으로 실려 갔다. 다행히 큰 상처는 입지 않았지만, 음주사고를 내었다는 사실이 날 절망에 빠뜨렸다. 그냥 의식이 회복되지 않았으면 좋겠다는 생각에 빠져있었다. 병원에 입원해 있으니 4살 된 아들의 손을 잡고 100일도 되지 않는 아들을 등에 업고 아내가 왔다. 왈칵 눈물이 쏟아졌다.

보험에 들었더라도 음주운전의 경우는 피해자와 개별적으로 합의를 보아야 했다. 삼촌이 나서 법적인 문제를 해결해주었고, 합의를 보기 위해 든 많은 돈은 부모님이 마련해주었다. 어른들이 나섰고 회사에서도 당장 내가 없어지면 월 매출 50억이 넘는 거래처를 원활하게 관리할 수 없었기에, 음주사고는 영업소장 선에서 마무리가 되었다. 주위 모든 사람이 나에게 다시 한번 기회를 준 것이다.

힘들 때마다 글쓰기를 했다. 어릴 때부터 글을 쓰는 습관은 새로운 힘이 되는 경우가 많았다. 음주운전 후 다시 용기를 내어 출근했다. 하지만 같은 일을 했고 같은 스트레스를 받았고 똑같이 술을 마시는 악순환에서 벗어나지 못했다. 지금 생각하면 그때 벌써 알코올 중독자가 되어있었다. 가족을 부양하려면 돈을 벌어야 하고 그러려면 어느 정도의 화는 스스로 다스려야 하는데, 화가 너무 컸기에 스스로 화상을 입게 된 것이다.

풀숲에 떨어져 파닥이는 미꾸라지

97년 말 IMF가 왔다. K○○도 다른 회사처럼 많은 직원을 정리해고 하였고, 내 위에 과장이 없는 상태에서 선임 대리로 업무를 수행했다. 그 당시 J 차장이 부서장으로 새로 부임해왔다. 그는 말이 매우 많은 사람이었고 업무를 파악한다는 명목으로 수많은 자료를 요구했다. 회의시간도 매일 2시간 넘게 진행하여 업무를 원활히 진행할 수 없게 만들었다. 또한, N 부장이 영업소의 부소장이 되었다. 그도 관리 출신이라 밑에 직원들 사이에서는 악명이 높았다. 그가 가는 곳이면 어디든 몇 명은 스트레스를 참지 못해 회사를 그만둘 정도였다.

그 당시 선임 대리로서 자동차 업무는 눈을 감고도 수행할 수 있을 정도가 되었고, K○○ 공장이든 자동차든 관련 부서의 사람들과의 인맥도 탄탄하게 유지하고 있었다. 하지만 상급자들은 회의 시간마다 많은 자료를 요구했고 그 자료를 보면서 자신들이 이해하지 못한 부분으로 나를 괴롭혔다. 현업을 수행하지 않으면 도저히 이해하지 못할 그런 사안들로 괴롭히는 데는 방법이 없었다. 아무리 설명해도 이해하지 못 하는 그들에게서 씻을 수 없는 상처를 받았고 그것은 나를 괴롭히는 트라우마가 되었다.

IMF 상황이 되자 원료를 수입에 의존하던 K○○는 환율로 인한 원가부담이 급상승했다. IMF 전 대비 달러 당 원화 비율이 50% 이상 상승했으며, 물건을 팔면 팔수록 손해가 막심했다. 그래서 자동차에 대해 가격 인상을 하지 않을 수 없는 처지에 놓이게 되었다. K○○는 기업의 사활을 걸고 단가 인상을 추진했다. 원가분석, 환율분석 등의 자료를 토대로 전 ITEM에 대해 인상요인을 만들어 자동차를 대상으로 가격 인상요청을 했다. 과장도 없는 상태에서 그 자료를 만드는 것은 온전히 내 몫이었다. 자동차는 자기들도 힘든데, K○○의 가격 인상을 수용할 만한 여력이 없는 상황이었기에 불가하다는 말만 되풀이하였다. 정책적으로 움직이는 것은 경영진이 수행하지만, 경영진이 일할 수 있도록 자료를 만드는 것은 실무진인 나의 몫이었다.

J 차장이나 N 부장은 그렇지 않아도 업무 파악이 제대로 되지 않은 사람들인데, 내가 만든 자료로 그 두 사람을 이해시키기는 거의 불가능에 가까울 정도였다. 그때 만든 자료는 양이 엄청 많았다. 누구 하나 도와주지 않고 밤새워 만들어간 자료는 욕만 듣고 다시 작성해야 했다. 그 결과 48.9%의 가격을 인상하게 되었고, 그 가격은 IMF가 끝난 후에도 내려가지 않았기에 K○○에는 엄청난 도움이 되었으리라 추측된다.

IMF는 넘어갔다. 자동차의 가격 인상이 긍정적인 요인으로 작용했던지 나는 과장으로 진급했고 J는 부장으로 진급하였다. N은 이사로 진급하여 영업소장이 되었다. 하지만 그들의 괴롭힘은 계속되었다. 그런 와중에 아버지가 돌아가셨다. 아버지가 나에게 남긴 유언은 '술을 끊어라.' 였지만 난 술을 끊을 수가 없었고, J 부장과 N 이사가 주는 스트레스와 아버지의 유언을 지키지 못한 자식으로서의 죄책감에 시달리며 더욱 많은 술을 마셨다. 술을 마시는 것 때문에 아내와 사이도 좋지 않게 되었다. 그런 상황에서도 글쓰기는 나의 쉼이자 탈출구가 되었다.

고통 속에서 하루하루를 보내다 2002년이 되었다. 다른 때와 마찬가지로 J 부장이 주재하는 아침 회의 시간은 2시간이 넘도록 지속되었다. 다른 때와는 마찬가지로 J 부장은 나에게 심한 잔소리를 했다. 결국, 참다 참다 참을 수 없어 화가 폭발했다.

"야, 이 나쁜 놈아. 좀 그만해라."

고함을 치면서 일어나 근무복 점퍼를 벗었다.

"야, 너 죽어 버린다."

하면서 멱살을 잡고 주먹으로 때리려고 했다. 깜짝 놀란 J 부장은 멱살을 잡힌 채 어찌할 줄 몰라 했고, 부하직원 여러 명이 달라붙어 나를 말렸다. 휴게실로 내려와 화를 참고 앉아 있으니, J 부장이 나를 찾아왔다. 그리고 자신이 잘못한 점이 많다며 화해의 손을 내밀었다.

"미안해, 윤 과장. 그 정도로 윤 과장이 스트레스를 받고 있을지 몰랐네."

어느 정도 화가 풀려

"부장님, 죄송합니다."

그렇게 화해를 하고 돌아서는데 J 부장이

"윤 과장, 아무리 화가 나더라도 잠바는 벗지 말게."

하면서 웃었다. 그런 일이 있고 난 며칠 후 이제는 N 이사가 똑같이 나에게 평상시와 같이 엄청난 잔소리를 해대었다. 듣고 있으니 정말 화가 났다. 그래서 펼쳐진 노트를 접어 탁자를 한번 내리치고는

"그만두겠습니다."

그렇게 말하고는 사표를 내었다. 아내도 내가 얼마나 많은 스트레스를 받고 있는지를 알고 있었기에 크게 반대하지 않았다. 2002년 12월 31일 자로 사표가 수리되어 13년의 K○○ 생활이 끝이 났다. 그때 내 나이가 마흔 살이었다. 회사를 그만둔 지 몇 년이 지나지 않아 그렇게 나를 괴롭혔던 J 부장과 N 이사도 K○○에서 잘렸다는 말을 들었다. 평생 K○○ 생활을 할 것처럼 그렇게 밑에 직원을 못살게 굴더니 쫓겨났다는 소식에 헛웃음이 났다. 또한, J 부장은 회사를 그만두고 사업을 하다 부도가 났다. 더욱이 자기 회사 직원들에게 임금도 못 주어 고발을 당하고 도망 다니는 신세로 전락했다.

회사 생활을 하며 끊임없이 스트레스를 받고 술을 마시는 그 와중에도 꾸준히 글을 썼다. 그리고 사표가 수리되기 얼마 전 창조문예라 문예지에서 보리밭, 과수원길 작사가인 한국 문단의 원로 박화목 시인의 추천을 받고 등단을 하였다.

글쓰기와 생계유지를 동시에 하려고
논술학원을 열다

　애초에 길을 잘못 들어선 것이었다. 글쓰기를 좋아하여 어릴 때부터 글을 썼고 그 때문에 전공도 국문학과를 선택했으면, 계속 글을 쓰는 계통으로 가야 했는데, 글을 쓰는 것은 돈이 안 된다고 지레 겁을 먹고 맞지 않는 옷을 입고 생고생만 한 것이다. 그래서 내가 좋아하는 글쓰기와 돈을 함께 벌 수 있는 것이 무엇일까를 생각했고 선택한 것이 논술학원이다. 2003년만 하더라도 논술 열풍이 전국으로 불었다. 토론문화가 확산되고 있는 시기였고, 학부모들은 너도나도 자녀들에게 논술을 시켰다. 전공이 국문학과이고 글쓰기만큼은 자신이 있었으므로 주저 없이 방문 학습지 논술인 'ㅇㅇ논술원'에 가맹을 하였다. 사무실 겸 강의를 할 수 있는 학원도 얻었으며, 울산대 국문과 후배 4명을 교사로 채용했다. 아내는 자신도 거들겠다며 따라나섰다.

학원 원생들을 모집하기 위해 전단을 찍어 아파트 문마다 붙이며 다녔고, 울산 시내 전봇대란 전봇대에 전단지로 도배를 하였다. 초등학교 하교 시간에 맞춰 사탕을 나누어주며 아이들의 집 전화번호를 얻었고, TM 아르바이트를 시켜 회원을 모집했다. 그리고 고등학교 동문회 명부를 보고 D/M을 발송했다. 모르면 용감하다고, 할 수 있는 모든 홍보를 하였다. 그때는 못 할 것이 없다는 자신감으로 똘똘 뭉쳐 일했다. 회원들이 모집되었고 약간의 시행착오는 겪었지만, 시스템은 안정되어 갔다.

하지만 안정된 시스템과는 달리 수입은 예상과는 달리 터무니없이 적어 적자의 연속이었다. K○○란 대기업에서 받던 마지막 연봉이 4,000만 원이 넘었고 가정의 소비패턴도 그 금액에 맞추어져 있었다. 적자가 연속적으로 발생하자 난 또다시 좌절하며 술을 마셨다. 가족을 돌아볼 마음의 여유가 없었고 엄마가 떠난 집에서는 아이들이 방치되어 있었다. 아내는 그런 나에게 잔소리를 끊임없이 퍼부었다. 그러다 보니 자연스럽게 싸우는 날이 많았고, 그러면 난 더 많은 술을 마셨다. 내가 그렇게 술을 마셔대던 그때도 아내는 군건하게 학원을 지켰다.

그래서 다시 생각을 고쳐먹었다. 어떤 사업이든 초기에는 힘들며, 버티다 보면 점점 나아질 거라는 생각을 했다. 학원을 운영하여 생계를 유지하고 글쓰기를 하려고 했던 생각에 차질이 발생하였다. 초기라 힘은 들지만, 점점 회원들이 늘고 있고 조금만 버티면 되겠다고 생각하여 개업한 시 1년 만에 투잡에 뛰어들었다. 아내는 계속 학원을 유지하며 발전시켜나가고 나는 모자라는 생활비를 벌어 충당하려고 구인광고를 뒤졌다. 글쓰기는 또다시 미루어졌다.

입사한 지 한 달만에 그만두다

2004년 사원모집 공고를 살피던 중, 건축자재백화점 TＯＯ이라는 곳에서 영업과장을 구한다는 구인광고를 보게 되었고, 그곳에 지원하니 KＯＯ 출신이라는 이유만으로 바로 취업이 되었다. 사장은 임ＯＯ이라는 여사장이었는데, 여자로서는 장부 기질이 있는 사람이었다. 그곳에 모인 사람들의 면면은 대단한 사람들이 많았다. 새로이 출범하는 곳이라 울산에서 건축과 관련한 화려한 경력의 소유자들이 대거 몰려든 것이다. TＯＯ 건축자재백화점은 건축에 필요한 모든 것들을 한곳에 모아놓고, 그곳에 오면 원스톱으로 필요한 자재를 구입할 수 있게 하는 시스템을 갖추었다. 지금 생각해보면 건축자재 박람회의 일부를 옮겨 놓은 것 같았다. 1, 2층으로 전시장을 갖추었고, 3층은 사무실로 이용했다. 실내 인테리어도 백화점처럼 화려하게 꾸며놓았다.

하지만 외관은 그럴싸했지만, 실속은 없었다. 일이 효율성을 가지려면 시스템과 조직력이 궁합이 맞아야 함에도, 초빙되어 온 화려한 경력의 직원들은 모두 따로따로 움직였다. 작은 회사에 중역은 왜 그렇게 많던지. 사장 밑에 부사장, 본부장, 전무, 상무, 감사, 이사 등등 직원 수만큼이나 중역들이 많았다. 그 사람들 각자가 힘을 합쳐 움직였으면 발전 가능성이 아주 컸겠지만, 그들은 그렇지 못했다. 사장은 인력 운영을 합리적으로 하지 못했고 중역들은 패가 갈리어 서로 헐뜯기에 바빴다.

그런 와중에 난 또 엄청난 스트레스에 시달렸고 뜻이 맞는 직원들과 어울려 매일 술을 마셨다. 직원들이 업무보다는 편 가르기에 더 열중한 회사가 제대로 운영될 리 만무했다. 여기에 더해 사장은 회사를 관리할 생각은 뒷전이고 무리한 사업 확장에 열을 올렸다. 그러다 보니 경영이 취약해졌고 월급조차 받지 못할 형편에 처하게 되었다. 당장 생활비가 필요한 나로서는 맞지 않는 회사였다. 그래서 입사한 지 한 달 만에 그만두었고, 내가 그만둔 지 1년도 못 되어 그곳은 부도가 났다. 임○○ 사장은 구속되었다. 그곳에서 박 상무를 만났다. 박 상무는 나보다 3살 위였는데, 아주 적극적인 마인드를 가진 것처럼 보였다. 함께 영업을 나간 적이 있었는데, 사람들을 만나 나누는 이야기가 아주 능숙했다. 일단 배울 게 많은 상사라는 생각이 들었다. 그곳은 그만두었지만 박 상무와의 인연은 계속되었다.

그만두고 나니 다시 허탈감에 빠졌고 또 좌절했다. 하는 일마다 제대로 되지 않는다는 절망 속에 혼자서도 매일 술에 절어 살았다. 하지만 아무리 힘이 들더라도 나에게는 사랑하는 가족이 있었다. 그것이 다시 일어서야 하는 이유가 되었다.

피리소리

가슴에 숭숭 구멍이
뚫려 있음을 느낀다.
아프다.

꼭 피리 같다는 생각을 한다.
그대 내 가슴에 입 맞추면
비~비 아름다운 소리가 나리라.

아픔의 소리.
내 아픔이 그대 음악이 된다면

생채기 내며 지나가는 그대 입김에
내 온몸을 떨어 주리라.

사랑은 슬프지만
슬픔은 얼마나 환한 아름다움인가?

자전거 여행 1
자전거를 타고 강원도까지

　다시 힘을 내자는 생각이 들었고 극기훈련을 하며 새롭게 출발하자고 생각
했다. 자전거를 타고 동해안을 따라 통일전망대까지 한번 가보고 싶었다. 2004
년 4월 14일 오후 4시 울산에서 출발하였다. 나이 마흔 하나에 떠나는 자전거
여행. 그동안 몸 관리를 하지 않은 대가를 톡톡히 치렀다. 자전거는 전문가용
이 아니고 신문을 받으면 상품으로 주는 싸구려 중국산이었다. 엉덩이가 아팠
고 다리도 내 다리가 아닌 것처럼 쑤시는 등 생각보다 아주 힘들었다. 입실에
서 잠시 쉬고 다시 출발하였는데 불국사 올라가는 오르막에서는 힘이 들어 거
의 미칠 지경이 되었다. 출발부터 이렇게 힘이 드는데 강원도까지 갈 수 있을
까 망설였다. 그래도 마음을 다잡고 이를 악물며 페달을 밟아 어찌어찌하여 보
문단지를 지나고 경주의 끝인 용강동까지 왔다. 거의 5시간을 달린 결과였다.
용강동에 도착하니 주위가 깜깜해졌고 한 식당에 들어가 갈비탕을 먹고 근처

에 있는 찜질방에서 첫 밤을 보냈다.

　그 찜질방은 거실이 있었고 술도 마실 수 있는, 울산의 찜질방과는 완전 다른 개념이었다. 두 사람이 소주를 마시고 있었는데, 주인아주머니도 옆에 끼어한 잔씩 얻어먹고 있었다. 술을 좋아하는 내가 빠질 수가 없어 한 잔 얻어먹고 싶어 주위를 얼쩡거려도 술을 줄 기색이 전혀 안 보였다. 그래서 주인아줌마에게 술과 안주를 시키니 내어주었다. 술을 한 잔하니 피곤한 몸이 절로 스르르잠에 빠졌다.

　다음 날 아침 경주를 지나면서 아이들이 놀고 있는 것을 보았고 우리 아들들이 생각났다. '이게 뭐 하는 짓이냐. 아이들하고 놀아주지도 않고.' 하는 자괴감이 들었다. 하지만 이미 나선 길, 페달을 힘차게 밟았다. 포항 시내를 거치지 않고 위덕대학교 앞을 지나 우회도로로 달렸다. 그 오르막은 장난이 아니었다. 하지만 힘을 내어 밟아 오르막 끝에 올랐고, 내려갈 때는 거의 시속 50Km의 속도(내 생각)로 달렸다. 그렇게 한참을 달리자, 흥해가 나타났고, 그곳을 지나 한참을 달리자 삼척이 보였다. 삼척 시내를 통하지 않고 우회하는 도로로 달렸다. 그런데 그 도로에는 터널이 하나 있었다. 그 당시만 하더라도 강원도까지 가는 길에는 터널이 이 한 군데밖에 없었다. 그곳을 지나가는데 뒤에서 오던 차가 경적을 울렸다. 터널 안에서 듣는 경적소리는 천둥소리처럼 컸다. 깜짝 놀라 넘어졌는데, 하마터면 사고가 날 뻔하였다. 경주 용강동에서 삼척까지는 자전거로 10시간 정도가 걸렸다. 삼척에서 찜질방을 찾으니 마땅한 곳이 없었다. 그래서 여인숙을 찾아 하룻밤을 보냈다.

　새벽 6시에 일어나 간단하게 컵라면으로 아침을 대신하고 다시 자전거를 밟고 동해안을 따라 달려갔다. 얼마 정도는 힘이 들었지만 그래도 달릴만했다. 한참 길을 달리니 내 앞에 걸어가는 한 남자가 보였다. 그 남자에게 다가가 말을 걸었다.

"어디서부터 걸어오셨나요?"

"예, 부산에서 출발했습니다. 걸어서 통일전망대까지 가보려고요."

"와, 진짜 대단하십니다. 저는 자전거를 타고 가는 데도 너무 힘이 드는데요."

그렇게 인사를 나누고 헤어졌는데, 강원도에 가까울수록 고개가 많았다. 처음엔 자전거를 타고 고개를 올라갔지만 얼마 지나지 않아 한계에 부딪혀 자전거를 끌고 올라갔다. 하지만 내려갈 때는 브레이크를 아예 밟지 않고 거의 시속 50킬로의 속도로 내려갔다. 그 시원함이란 말로 설명할 수 없을 정도였다. 그 상쾌함은 지금도 잊을 수 없다. 하지만 내리막길이 끝나는 곳에서부터 다시 오르막이 시작되었다. 그렇게 몇 번의 고개를 오르고 내리고를 반복하며 도착한 곳이 강원도 동해였다. 동해에는 울대 국문과에서 동고동락한 아주 친한 김연규 형이 살고 있었다. 나보다는 세 살이 많은 형이었는데, 결혼은 나보다 늦게 하여 쌍둥이 딸이 있었다. 그 형을 거의 10년 만에 만나 둘이 포장마차에 가서 술을 마셨다. 피곤한 몸 상태에서 술을 마셨기 때문에 거의 정신을 잃을 정도가 되었다. 고맙게도 그 형의 집에 가서 하룻밤을 보낼 수 있었다.

아침에 일어나니 도저히 더 갈 수 있는 몸 상태가 아니었다. 그리고 삼척에서 동해까지의 고개는 고개 축에도 끼이지 못할 정도이며, 그다음부터는 더 험한 고개들이 즐비하다는 형의 말을 듣고 자전거를 타고 강원도에 입성한 것에 만족하고 자전거 여행에 마침표를 찍었다. 자전거를 짐칸에 싣고 시외버스를 타고 울산으로 돌아왔다.

자동차 협력업체 K 기업 이야기

자전거 여행에서 돌아와 다시 취업하려고 사원모집 공고를 뒤졌고 자동차 부품업체인 K 기업에 과장으로 입사를 했다. 하지만 그곳에서도 버티지 못하여 3개월을 보낸 후 다시 퇴사했다. 대기업에서 근무한 나의 삶이 그곳에 적응하기란 쉽지가 않았다. 다음의 이야기는 그곳에서의 하루 생활을 소설 형태로 재구성한 글이다.

K 기업 이야기

아침 7시, 효문 사거리는 울산의 동맥처럼 펄떡펄떡 뛰고 있다. 아직 통근차가 오려면 10분이 남았다. 담배 한 개비를 문다. 여름 아침은 자동차 매연 가득한 곳에서도 싱그럽게 다가온다.

15인승 승합차가 다가와 멈춘다. 이미 차 안에는 두 사람이 타고 있다. 차를 타면서 인사한다.

"안녕하세요. 날이 참 좋지요?"

"어서 오세요."

50이 넘어 보이는 운전사가 몸에 밴 인사를 한다. 흔히 말하는 출퇴근 지입차이다.

"오늘 두 번은 운행 해야겠네. 인도네시아 직원들까지 태우려면."

혼잣말로 중얼거리곤 효문 사거리를 출발한다. 북구청에서 세 명을 태우고 호계에서 4명을 태우고 모화에서 또 2명을 태운다. 차는 만원인 체로 구어공단에 도착한다.

먼저 출하과에 가서 업무를 챙긴다.

"이 대리, 밤새 별일 없었어요?"

"말 마세요. 밤에 불려 나왔습니다."

경주가 집인 이 대리는 아직 총각이다. 나이는 서른여덟 살이 넘었으나 아직 결혼하지 않았다. K 기업에서는 터줏대감이다. 중소기업의 현실이 그렇듯 이직률이 심하지만 오래 있기로 친다면 이 대리는 여기에 몇 번째 되지 않는 선임이다.

"또, 무슨 일입니까?"

"자동차 Y 공장에서 라벨 이종이라고 불려갔다 왔습니다."

특유의 뚝심 어린 얼굴을 하며 툭 내뱉는다.

"그래 갔던 일은 잘되었습니까?"

"예, 잘못 들어간 물건 갔다가 주고, 잘못 부착된 것 다 재작업해 주었습니다."

"수고 많았습니다."

매일 아침 인사가 그렇다. 자동차는 주, 야 교대 근무를 했고, 조금이라도 잘 못된 것이 있으면 으레 밤낮없이 업체에 전화를 걸어 자신들의 요구사항을 말한다. 밤에 전화했으면, 미안한 감이 조금은 있어야 하는데, 그렇지 못하다. 당연한 듯이 주인이 종을 부르듯 불러댄다. 그러면 잠을 자다가도 나와서 일을 처리해야 했다. 휴게실로 간다. 휴게실에는 납품기사와 직원들이 뒤섞여 커피를 마신다.

"어제, L 공장에 갔는데, 담당자 되게 까다롭게 하더라."

"와?"

"저번에 한 상자에 스무 개 담아갔는데, 부품에 흠집이 난다고 해서 10개 포장하는 거로 바꿨다. 자기가 허락 안 했는데 마음대로 바꿨다고 영업사원 오라고 했는데, 영업 사원 올 때까지 차 잡아놓고……. 영업 사원 올 때까지 두 시간 동안이나 기다렸어. 회사가 잘못인지 자동차가 잘못인지 모르겠지만, 그것 때문에 오전 한 번밖에 못 했어. 정말 화가 났어."

"그거 어디 한두 번 겪나 그것 가지고 뭘 그러나?"

납품기사들의 푸념을 들으면서, 자판기에서 커피를 한 잔 빼고 휴게실에서 나왔다. 멀리서 부사장과 상무가 돌아다니고 있다. 가볍게 묵례를 하고 사무실로 들어선다.

"김 양, 안녕"

"예, 안녕하세요, 과장님."

"김선돌 씨는 아직 출근 안 했나?"

"예."

책상 위는 여전히 서류와 파일로 지저분하다. 책상 정리할 생각을 하다 그만두고 컴퓨터를 켠다. 인터넷이 되지 않는다.

"김 양, 인터넷이 안 되네?"

흔히 일어나는 일이다. 전산실이 따로 있지 않은 상황에서 누가 나서 고쳐줄 사람이 없다. 이때는 이 대리를 부르는 수밖에 없다. 전화기를 들고 번호를 누른다.

"여보세요."

"이 대리, 고 과장인데요. 인터넷이 안 되네요?"

"컴퓨터 인터넷 선 빼세요."

이 대리는 사무실로 들어와서 모든 컴퓨터의 인터넷 선을 빼기 시작한다. 그리고는 사무실을 나간다. 한참을 있다가 들어와서는

"이제 선을 한 번 꽂아보세요."

이 대리의 말을 듣고 인터넷 선을 꽂고 다시 컴퓨터를 켠다. 인터넷을 클릭하자 인터넷이 된다.

"아, 이 대리님 이제 되었네요. 수고했습니다."

이 대리는 무뚝뚝하게 출하과로 걸어 나간다.

김선돌 씨가 들어온다. 늦어도 미안한 감이 하나도 없다. 이직률이 심하다 보니 밑에 직원이 잘못해도 큰소리치지도 못한다. 괜히 한소리 했다가는 나오지 않으면, 그 일을 상급자인 고 과장이 다 해야 하기 때문이다.

그때 전화가 온다.

"여보세요?"

"거기 K 기업 맞습니까?"

"예."

"사장 바꾸세요."

"어딥니까?"

"와 말이 많습니까, 사장 바꾸라면 바꿀 거지."

"사장님은 창원에 계시는데요?"

"그럼 부사장 바꾸소."

순간 무슨 전화인지 짐작이 갔다.

"영업부 고 과장입니다. 무슨 일입니까?"

"아, 잘됐네, 여기 생관 G 부인데 K 기업은 왜 자꾸 라벨하고 실물하고 다르게 납품합니까? 진짜 K 기업 때문에 못 살겠어요. 대책서 들고 바로 들어오세요."

또 라벨 이종인 모양이다. 이번 들어서 벌써 몇 번째인가, 한숨이 나왔다.

자동차는 라벨 이종, 수량 착오 등의 문제가 생기면 업체 사장이나 담당 중역에게 대책서를 들고 들어와 대책 발표회를 시킨다. 많은 사람을 모아놓고 공개적으로 무안을 주는 것이다. 하지만 K 기업은 협력업체 중에서도 규모가 크기 때문에 대책 발표를 하러 가는 담당자가 고 과장이다. 이 대책 발표만 아니면 그래도 해볼 만한 데, 한두 번도 아니고 같은 내용을 계속 발표하려니 스트레스부터 먼저 받는다.

K 기업은 자동차 1차 BEND이다. 2차 BEND로 나가는 외주가 90%를 넘고 10% 정도만 자체 생산한다. K 기업의 BEND도 30개가 넘는다. 모두 영세업체들이다. K 기업에서는 2차 BEND에서 납품을 받아 그대로 자동차로 또다시 납품한다. 2차 BEND에서 라벨과 실물을 다르게 하거나, 수량이 틀리게 납품해오면 K 기업으로서도 방법이 없다. 부품 종류만 4천 가지가 넘는 것을 전수 검사한다는 것은 애초에 불가능하다.

문제가 된 업체에 대책서를 받고 자동차에 가서 발표할 대책서를 작성한다. 대책서를 하도 많이 작성해서 대책서 작성하는 것은 그리 문제가 되지 않는다.

작성한 대책서를 프린트하고 나니 시간은 11시가 넘었다. 옆에서 큰 소리가 난다. 품질관리부 김 차장이다.

"야! 내가 그렇게 말했는데도. 너희들 뭐 하는 놈들이고?"

차장으로서 제법 이 회사에 오래 있었던 사람으로서 부하 직원들에게 큰소리를 친다.

"백 대리, 연락이 그리 안 되나. 핸드폰 꺼놓지 말라고 내가 몇 번이나 이야기했나? 자동차 문제 생길 때마다 내가 들어가야 하나?"

김 차장에게 다가간다.

"열 올리지 말고 담배 한 대 하러 갑시다."

못 이기는 척 따라온다.

밖으로 나와서

"아침부터 왜 이리 시끄럽습니까?"

"어제 밤에 시트에서 불량이 일어났는데, 아무도 연락이 안 되니까, 나에게 연락이 왔어요. 내가 없으면 안 된다니까, 밑에 직원들 핸드폰 다 꺼놓고……."

씩씩대는 김 차장의 모습은 어제오늘이 아니다. 김 차장을 애써 달래고 사무실로 오니 시간은 거의 12시가 다 되었다. 사무실의 다른 일을 대충 끝내고 대책서를 들고 식당으로 향한다. 벌써 몇몇 직원들이 줄을 서 있다.

점심을 먹고 포터로 간다. 20만km를 넘게 탄 포터를 타고 시동을 건다. 그때 김선돌 씨가 달려와

"과장님, 올 때 내자 터미널에 들러 빈 상자 좀 찾아오세요."

"알았다."

정문을 나와 여름 길을 달린다. 에어컨이 되지 않는 포터, 브레이크 부분에서 뜨거운 연기가 푹푹 올라온다. 도로는 공사가 한창이라 차가 막힌다. 대책

발표를 해야 하는 자신의 심정 같아 더욱 답답함을 느낀다. 담배 한 대를 뽑아 문다. 담배 연기가 꼭 자신의 가슴이 타서 나오는 연기 같다는 생각을 한다. 주위를 둘러보니 풀들이 길옆으로 많이 자라 주변이 무성하기까지 하다.

생관 G부 자재 사무실에 도착하니 정각 1시다.

"K 기업에서 왔습니다. 아침에 저에게 전화하신 분이 누구시죠?"

"아 K 기업에서 왔습니까? 정조장이 아까 전화하던데 밥 먹고 아직 안 왔습니다. 조금만 기다려 보세요. 아, 그런데 K 기업은 와 자꾸 라벨 이종 냅니까. 정조장이 대게 열 받아 하던데,"

"죄송합니다. 업체에 주의를 주는데도, 그만."

15분이 지나자 작업복을 입고 한 사람이 들어온다.

"정조장, 저 사람 K 기업에서 왔단다."

정조장이란 사람의 얼굴이 금세 굳어진다.

"K 기업은 와 자꾸 라벨 이종 냅니까? 내 참으려 해도 더 못 참겠습니다. 내하고 사무실로 갑시다."

사무실로 전화를 한다.

"아침에 보고 드린 라벨 이종 건 관련해서, 여기 K 기업에서 사람이 왔으니까 같이 갈게요."

그러고는 고 과장을 보고

"내 따라오세요."

하면서 앞장선다. 자동차 라인 속으로 끌려가듯 따라간다. 앞서가던 정조장이 한 작업자에게 가더니

"이 사람이 K 기업에서 온 사람입니다. 이야기 좀 하세요."

마치 분풀이라도 하라는 듯 그 사람 앞에 세운다. 또, 그 사람에게 한 소리를

듣는다.

"K 기업 좀 똑바로 하세요, 매일 라벨하고 실물하고 다르게 들어오니 미치겠습니다."

"아 대단히 죄송합니다. 앞으로 그런 일 없도록 하겠습니다."

"매일 말로만 죄송하다 하고, 지금 몇 번째인지 압니까? 이번 달만 벌써 세 번째입니다."

고 과장으로서도 달리 할 말이 없다. 단지 죄송하다는 말 밖에는.

"이리 따라오세요."

정 조장은 또 앞서간다. 한참을 걸어가던 정 조장은 사무실 앞에 멈춰 서서 따라 들어오라는 시늉을 한다. 그곳에 들어가니 벌써 몇 사람이 모여 있다. 정 조장은

"과장님, K 기업 때문에 일 못 하겠습니다, 크레임 물려야 합니다."

과장이라는 사람이 근엄한 표정을 하고

"와 자꾸 이렇게 합니까? 라벨 이종 나서 다른 제품이 장착되어 출고되면, 그 책임 다 질 겁니까? 한두 번도 아니고 진짜 너무 하네요."

"죄송합니다. 앞으로 그런 일 없도록 하겠습니다."

또다시 고 과장의 얼굴이 일그러진다.

"대책 발표 한 번 해보세요."

"에, 이번 건은 실물을 다 상자에 담고 라벨을 붙이다 보니 옆에 세워 둔 다른 제품에까지 같은 라벨을 붙여서 일어난 건입니다. 앞으로는 상자 하나 포장하고 나서 라벨을 바로 붙이는 방향으로 개선하겠습니다."

"만날 그 소립니까?"

과장은 또 핀잔을 준다. 하지만 라벨 이종은 달리 대책이 없다. 전산화와 바

코드 시스템이 되어있지 않는 K 기업에서는. 그리고 K 기업 경영주인 회장은 그런 쪽에 투자는 아예 안중에도 없고 이익 내기에만 혈안이 되어있다.

"위에까지 보고 다 할 거니까 알아서 하세요."

"죄송합니다. 앞으로 이런 일이 없도록 하겠습니다."

위에까지 보고한다는 것은 회사 중역이 자동차에 와서 다시 발표해야 한다는 말이다. 회사 중역의 발표는 곧바로 고 과장에게 다시 스트레스로 돌아오는 것이 뻔하다. 하지만 방법이 없다. 어깨에 힘이 쭉 빠져 포터 있는 쪽으로 걸어온다. '이놈의 세상, 꼭 이렇게 살아야 하나.' 절로 한숨이 나온다.

포터를 돌려 자동차 단조 정문까지 왔다. 단조 정문의 경비가 자동차에 다른 것을 실었는지 아닌지를 검사한다. 가라는 신호를 한다. 신호를 받으면서 담배한 개비를 피워 문다. 불을 붙이고 차를 출발시킨다. 또 한 건 처리했다는 안도감에 잠시나마 마음이 가볍다. 포터를 타고 효문 로터리 부근까지 왔다. 핸드폰 소리가 들린다. 이 대리다.

"고 과장님, 생관 0부 P 창고에 한 가보세요, 또 라벨 이종 났습니다."

순간 또 맥이 빠진다.

저녁이다. 또 하루가 이렇게 지나간다. 품질관리부 김 차장에게 간다.

"오늘 잘 보냈습니까? 마치고 호계 가서 소주 한 잔 어때요?"

"좋습니다, 원가에 이 차장도 부를까요?

"좋죠!"

세 명은 술 멤버이다. 호계에 도착하여 닭발집에서 모였다. 먼저 이 차장이 운을 땐다.

"이야기 들은 것 있습니까? 성 이사가 이번에 잘린다 하던데."

"그 이야기 확실한 것 같던데요. 전에 터진 불량 비용 때문에 잘린다던데."

김 차장이 거든다.

"마 그런 이야기 집어치우고 술이나 한잔합시다."

고 과장의 건배 제의에 "건배!"를 외친다. 이런저런 이야기를 하던 중에 시간은 벌써 11시가 넘어가고 있다.

"이차 갑시다."

김 차장이 바람을 잡는다.

"어디 갈까요?"

고 과장이 귀가 솔깃해 묻는다.

"전에 호프 노래방 거기 괜찮던데, 가서 딱 한 잔만 더 합시다"

"좋습니다."

이젠 이 차장이 거든다. 그때 고 과장 옷에서 핸드폰 소리가 들린다.

"여보세요, 고 과장입니다."

"K 기업 영업부 고 과장 맞습니까?"

목소리가 벌써 열이 올라있다.

"그런데, 누구시죠?"

"여기 생관 ○부 P○ 창곤데. 와 또 라벨 이종 시킵니까?"

술이 얼큰하게 된 고 과장은 마침내 속이 터진다.

"아니, 이 밤에 전화해놓고 미안하다는 말 한마디 안 하고 이야기하면 어떻게 합니까? 우린 뭐 사생활이 없는 줄 아십니까?"

평소 같으면 그런 말을 입 밖에도 내지 못하는 고 과장인데, 오늘은 술이 한 잔 되어서인지 그동안 못한 말들을 쏟아 붓는다. 그쪽에서도 전혀 예기치 못한 반응에 할 말을 잊고 있다가 잠시 후 속사포처럼 쏘아댄다.

"뭐 이런 새끼가 다 있나, 뭐 잘했다고 큰소리는 큰 소리고, 내일 들어와! 안 들어오면 들어올 때까지 차 다 잡아놓는다."

"야, 이 나쁜 놈아, 나도 가정이 있고 사생활이 있는 사람이다. 시도 때도 없이 전화해서……. 내가 회사 그만두면 될 거 아니냐. 더러워서 못 해 먹겠네."

"어디서 욕하나, 내일 한번 보자."

하며 전화를 끊어버린다.

고 과장은 아직 분이 풀리지 않아 씩씩댄다. 대충 분위기를 눈치 챈 김 차장이

"고 과장, 참아. 우리 일이 그런 거 아니냐. 월급이 욕 값 아이가."

또다시 담배를 빼 물고 고 과장은

"참 더러워서 못 해 먹겠네요. 나, 내일 사표 쓸 겁니다."

다음 날 아침 7시, 효문 사거리에 고 과장이 담배를 빼 물고 서 있다.

이 이야기는 K 기업에서 겪은 일과를 소설로 적은 것이다. 자동차는 부품업체 직원들을 마치 하인 부리듯이 부렸다. 요즘 말로 하면 갑질이 도를 넘었다. 갑질은 재벌만이 하는 것이 아니라 조그만 힘만 있으면, 자기보다 약자에게 휘두른다. 협력업체 직원들에게 마구 휘두르는 갑질의 나쁜 생리가 대기업 직원들에게 전염병처럼 만연해 있음을 느꼈다. K 기업을 그만두고 나니 또다시 어디에도 적응하지 못하고 실패만 거듭하는 자신에게 화가 났고 또 술로 세월을 보냈다. 술을 마시면서도 술이 참 징그럽게 느껴졌다. 하지만 알코올 중독인 상황이라 끊지도 못했다. 하지만 글 쓰는 일은 끊임없이 이어졌고, 그 시간만이 유일하게 내가 살아있는 시간임을 느끼게 해주었다.

가슴에 못을 친 그곳

실의에 빠져 있던 중 건축자재 백화점에서 만난 박 상무로부터 연락이 왔다. 그곳이 부도가 난 후 박 상무는 그곳에서 함께 일했던 허 부장과 합판 수입을 해서 파는 무역을 했다. 하지만 자금 부족으로 문을 닫고 새로운 일을 찾던 중 타정못에 대해 알게 되었고, 중국으로 건너가 수입선을 확보한 상태에서 나에게 함께 일을 하자는 제안을 한 것이다. 그래서 G○○○란 법인을 만들어 함께 일을 하기 시작했다.

구성멤버는 나와 박 사장 이외에도 박 사장의 동생 박 이사와 박 이사 지인 김 이사, 그리고 실무를 하는 허 부장과 이 대리, 그리고 여경리 한 명이었다. 사업이 안정될 때까지는 월급 없이 일하자는데 동의를 하였고, 실무진만 급여를 지급했다. 울산 시내에 사무실을 꾸렸고, 근교에 창고를 얻었다. 새로운 희망에 들뜬 마음으로 일을 시작했다.

중국 현지 공장에서 물건을 들여왔는데, 신설회사이고 담보도 없는 상황이라 L/C가 열리지 않아 현금 지급 방식인 T/T 방식으로 물건을 수입했다.

사업 초기에는 사업이 그럭저럭 진행되었다. 박 이사와 내가 영업을 하였다. 팔레트 업체가 주요 공략 대상이었는데 팔레트 특성상 많은 공간이 필요한 사업이기 때문에, 땅값이 싼 산속에 공장들이 있었다. 부산과 경남 울산 지역의 산속을 이 잡듯이 뒤져 적극적인 영업을 한 결과 3개월 만에 170여 개의 거래처를 확보할 만큼 출발은 좋았다. 가격 경쟁력이 있었으며, 품질도 좋았다. 하지만 결재 방식이 당월 판매 다음 달 수금이다 보니 거래처가 늘어날수록, 판매 물량이 늘어날수록 수입을 할 자금이 마련되지 않았다. 결국, 부족한 자금으로 인해 수입할 수 없는 지경에 빠졌다. 어떤 사업이든지 마중물이 없으면 땅속의 물을 끌어 올릴 수 없음을 뼈저리게 느꼈다.

사정이 하도 어려워서 K○○ 재직 중에 만들어 가지고 있던 마이너스 통장을 긁어 돈을 넣었다. 하지만 그것으로 역부족이었다. 상황이 어려워지니 내분이 생겼다. 그 내분으로 또다시 난 술독에 빠져 허우적거렸다. 결국에는 1년을 버티지 못했다. 월급을 받지 못하니 생계 자체가 위협을 받았고, 집을 담보삼아 생활비를 마련하는 데도 한계가 있었다. 그래서 나는 손을 떼고 다른 직장을 알아보게 되었다. 그런데 GL KOREA에 돈을 넣기 위해 대출한 마이너스 통장의 돈을 갚지 못해 추심업체로부터 엄청난 독촉을 받으며, 전에 음주운전으로 사고가 날 때처럼 절망하여 매일 술을 마셨다. 결국에는 신용불량자로 전락하고 말았다.

병을 얻은 아내

좌절과 절망을 겪으면서도 글쓰기는 다시 일어설 힘을 주었다. 어떻게 보면 글 쓰는 시간이 나에겐 치유의 시간이었다. 힘이 들 때마다 그 감정을 시로 적었다. 가족이 있었기에 다시 일어서야 했고 돈을 벌어야 했다. 지금처럼 책을 써보겠다는 생각은 하지 않았다. '시집을 낸다고 누가 읽어줄까?'하고 생각했다. 시인도 시를 읽지 않는 시대에 자비 출판을 해보아야 무슨 의미가 있겠느냐는 생각을 하며, 시도해보지도 않았다. 하지만 막연하게나마 지금 글을 써두면 언젠가는 책으로 만들어지지 않을까 하는 기대는 했었다. 책은 내지 않았지만, 등단은 하였기에 스스로는 작가란 생각을 하고 있었다. 주변에 자비 출판을 하는 많은 시인을 보면서, 써둔 시가 많았기에 자비 출판은 할 수도 있었지만 그렇게 하고 싶지는 않았다. 무엇보다 책을 낼 돈도 없었다. 어릴 때부터 글쓰기를 좋아했다. 글을 쓰면 재미있었다. 막연하게나마 언젠가는 책을 내겠다는 생각은 항상 무의식에 존재하고 있었다.

학원은 아내가 계속 운영하고 있었고 회사에 다녀보기도 하고 사업을 해보기도 하였지만 연전연패였다. 그러던 어느 날, 술을 좋아했기에 한 술좌석에서 선배랑 술을 마시다 내 처지에 관해 이야기하자, 그 선배는 자기 친구가 중소기업에 중역으로 있는데 일자리 부탁을 해보겠다고 했다. 그래서 들어간 회사가 ○○중공업 부품 도장업체인 ○○ EMP란 회사였다. 그곳에서도 K○○의 경력을 인정받아 차장으로 입사했다. 자동차와는 다른 도장시스템이지만 PAINT 관련 일이면, 내가 해본 일이라 잘 할 수 있을 것 같았다. 하지만 도료 TYPE도 달랐고 도장 SYSTEM도 달라 한동안은 애를 먹었다. 하지만 그것보다 더 참기 어려운 것은 나보다 나이 어린 공장장이었다.

한때는 대기업에 다니며 어깨에 힘을 주었는데, 잘 되진 않았지만 그래도 사업도 해보았는데, 나이 어린 상사 밑에서 잔소리 들으며 일을 한다는 것은 엄청 자존심이 상하는 일이었다. 그래도 더 물러설 곳이 없다는 생각을 하며 버티는 데까지는 버텨보자는 생각을 하며 참았다.

표면적으로는 별 무리가 없는 회사 생활이었다. 생산직 사원들과도 격의 없이 지냈고 사무실 다른 직원들과도 마찰 없이 잘 지냈다. 하지만 문제는 다른 곳에서 발생했다. PAINT 도장 후 검사를 받아야 하는 공정이 있었다. 중공업, 선주, 도료 MAKER 세 군데에서 검사를 받는데, 중공업 도장 SYSTEM은 나에게 익숙한 것이 아니라 검사를 받을 때마다 중공업 검사관으로부터 업무를 모른다는 핀잔에 시달려야 했다. 그러다 보니 주눅이 들었다. 얼마간의 시간이 지나자 일을 잘 못 하는 직원으로 주변 사람들이 인식을 하기 시작했고, 급기야는 나보다 어린 공장장에게 무척 싫은 소리를 들었다. 일을 왜 그렇게 못 하냐는 것이다. 나름대로 참고 잘 버틴다는 믿음이 완전히 깨어졌다. 그런 와중에 아내가 병이 생겼다. 혼자 학원을 운영하는 버거움과 남편의 갈팡질팡하는 모습, 그리고 사춘기를 맞이한 아이들의 엇나가는 행동으로 인한 스트레스가 준 병이었다.

詩 ———————————————
눈물이라 부른다네

가슴에 잠긴 바다를
별 모양으로 '사각사각' 자른 후
바위 위에 널어놓는다.

햇살이 가슴을 말리고
증발한 가슴은 밤하늘 별이 된다.

무수하게 빛나는 별들
무수하게 빛나는 가슴 조각들

그 별에는 언제나 비가 내리고
꼭 한 마리의 새들이 살고 있다.

외로운 밤이면 술을 마시고
안주로 별을 따서 먹는다.

너무 외로운 밤이면
하늘의 별이 모두

내 가슴으로 들어와 하늘엔 별이 없다.

그때쯤 창밖엔 비가 내리고
가슴 속 가득한 비의새들이
가슴 세포들을 '쪽쪽' 쪼아댄다.

가슴 가득 고이는 피.
흘러넘쳐 얼굴로 나오는 피를
나는 눈물이라 부른다네.

가슴이 아팠다. 가위로 가슴을 오려내는 아픔. 깜깜한 하늘에 별로 한 조각씩 희망을 걸어보지만 결국에는 다시 절망으로 흐려져 별이 없어지고, 절망의 비가 내렸다. 새들이 가슴을 쪽쪽 쪼아대는 듯한 아픔을 느꼈고 그 아픔이 피가 되어 가슴에 고였다. 너무 아파, 가슴에 너무 많은 피가 고이다 넘쳐 얼굴로 흘러내렸다. 그 핏물을 나는 눈물이라 불렀다. 사는 것이 힘들어 많은 눈물이 났던 시기였다.

나는 나대로 회사에 스트레스를 받던 중이었고, 아내는 아내대로 병이 났고, 아이들은 아이들대로 엇나가고 있고, 잘못되어도 한참 잘못되어 있었다. 그래서 든 생각은 '우선 학원을 살리자.'였다. 당시 학원 원생들이 있었기 때문에 당장 그만둘 형편도 못 되었고 아내가 아프니 관리할 사람도 필요했다. 그래서 도장회사를 그만두고 학원으로 돌아왔다. 다행히 수술을 받은 아내는 건강을 회복했고 다시 학원을 맡을 정도가 되었다. 하지만 여전히 살림은 어려웠고 난 또 돈을 벌기 위해 직장을 알아보아야 했다. 하지만 내가 할 마땅한 일이 없었다. 여기저기 기웃거리며 세월만 보냈다. 그런 중에도 술은 계속 마셨으며, 글쓰기도 계속되었다.

몸도 마음도 만신창이가 되었다

그러던 중 PAINT 대리점을 하는 류 사장으로부터 전화를 받았다. 류 사장은 K○○에 근무할 때 친한 동료였으며 퇴사하여 대리점을 차렸고, ○○ EMP에 근무할 때 도료업체로 등록을 해 납품을 하게 해준 적이 있었다.

"윤 원장, 도장회사에서 일하고 싶은 생각 없나요?"

"아, 소개해주면 좋지요. 어디 좋은 곳이 있나요?"

"내가 도료를 공급해주고 있는 현대중공업 밴드에서 관리 이사를 구하고 있어요. 내가 사장에게 윤 원장을 이야기하니 면접 한번 보자고 하는데 어때요?"

가뭄의 단비 같은 소식이었다.

"나야 소개해주면 감사하지요."

그렇게 해서 경주 냉천의 도장공장 카이즈텍이란 곳에 경력 사원으로 입사를 하였다. 입사하고 보니 회사는 부도가 나기 일보 직전이었다. 사장은 출근도 하지 않았고 직원이라 해보았자 관리자는 나 한 사람밖에 없었다. 혼자서 모든 업무를 진행했다. 영업, 생산, 관리, 납품 등등. 일은 그런대로 익숙해졌는데, 회사는 결국 부도가 나고 말았다. 새로 회사를 인수한 사장은 나를 해고했다. 입사한 지 한 달 만에 고생에 고생만 하다가 다시 실직상태가 되고 만 것이다. 정말 되는 일이 없었다. 안 돼도 어찌 이렇게도 안 될까.

또 지겨운 실직 생활을 하다가 Gㅇㅇㅇ로 다시 들어갔다. 월급은 받지 못하더라도 그곳에 가면 어떤 기회가 주어지지 않을까 하는 막연한 생각을 가지고. 하지만 그곳도 별반 나아진 것이 없었다. 사무실 월세도 몇 달이나 밀려있었고 포터를 산 할부금도 제때 못 내 압류를 당한 상황이었다. 내가 없는 사이 상황은 더 악화되어 있었고 박 이사는 형인 박 사장과 싸워서 회사를 그만둔 상태였다.

임금 없이 일하다 보니 우리 집 형편은 말이 아니었고 아내와의 다툼도 극에 달했다. 그래서 집을 나와 Gㅇㅇㅇ 사무실에서 숙식했다. 그 생활을 보름 정도 하였는데, 참지 못한 아내는 학원을 다른 사람에게 넘겨버리고 말았다. 그때가 2008년이었고 6년 동안 우여곡절을 겪으며 운영한 학원의 문을 닫게 되었다. 논술학원을 접은 후, 허탈한 심정은 말로 다 할 수 없었다. 그래서 대낮부터 술을 마셨다. 죽고 싶은 생각밖에 없었다. 구체적으로 실행할 수는 없었고 그냥 소주를 사 들고 강변을 찾았다. 강변에서 술을 마시고 잠을 잤다. 어느 정도 시각이 흘러 정신이 들자 주위는 깜깜했다.

詩 ————————————————

그 태화강변에서

별이 없었던, 젊은 날의 태화강변.
강에 내린 가로등 불빛의 기다란
불 그림자가 비틀대던 떨어져 내린 강변.

다리 위를 달리는 자동차가
두 개비의 담배를 물었다고 생각한 그때
난 벌써 소주 두 병을 깐 후였다.

웡웡대던 모기 탓에 스스로 얼굴을 때리던 무언극.
그때는 뵈지 않던 내 얼굴에서 죽은
모기의 그 붉은 피까지 선명하게 떠오른다.

내 피를 빤 모기의 피는
내 피인가 모기의 피인가,
이런 생각도 했었지.

떨어져 내린 그 밤의 그 자리.
밑에 깔려 아우성치던 풀들이 몇 번이나 시들었다가
다시 자라났을 테지만 이미 떠났다고 생각한
그 태화강변을 나는 결코 떠나지 못했다.

연속선상의 변함 없는 불빛 그림자의 비틀거림.
그것은 결코 다리 위 불빛이 비틀대었기 때문이 아니라
강물이 출렁대었기 때문이다.

K○○를 그만둘 때는 무엇이든지 할 수 있겠다는 자신감이 있었다. 하지만 7년 만에 학원을 접으면서 손을 들었다. 이제 무엇도 할 수 없다는 절망감에 사로잡혀 있었다. 돈도 없었고 다른 기술도 없었다. 하는 일마다 좌절했고 몸도 마음도 만신창이가 되었다. 너무 힘들었고, 그냥 좀 쉬었으면 좋겠다는 생각을 했다. 보름 만에 집으로 들어가니 걱정 가득한 아내와 아이들의 눈망울이 보였다. 잠시 쉬면서 재충전을 하기로 마음먹었다.

자전거 여행 2
땅끝마을에서 땅의 끝을 보다

다시 시작하고 싶었다. 그래서 이번에는 강원도가 아닌 전남 해남의 땅끝마을로 자전거를 타고 갔다. 그 땅끝에서 다시 시작하여 돌아올 때는 가득 희망을 안고 오고 싶었다. 전부터 울산에서 전남 해남 땅끝마을까지 자전거로 한번 달려보고 싶다는 생각을 하였다. 사는 것이 힘들수록, 사는 것이 재미가 없을수록 더욱 떠나고 싶은 날들이 많았다. 하지만 사는 것이 바쁘다는 핑계로 떠나지 못하였다.

전날 자전거를 한 대 샀고 만반의 준비를 끝냈지만, 걱정스러웠던 것은 '내가 그 먼 곳까지 갈 수 있을까' 하는 우려였다. 하지만 무조건 떠나기로 했다. '땅끝마을에서 하늘을 보자.'라는 내 나름의 슬로건을 내걸고 2008년 8월 27일, 자전거를 타고 출발했다.

아침, 일곱 시 이십 분 아내와 아이들의 배웅을 받으며 길을 나섰다. 9시가 다 되어 갈 무렵 언양에서 G○○○의 허 부장으로부터 전화를 받았다. 자전거 여행을 간다고 하니 가기 전에 얼굴이나 한번 보자고 해서 언양 면허시험장 앞에서 만났다. 그도 나와 상황이 비슷한 처지인 사람이라 동병상련의 심정으로 잠시 이야기를 나누었다. 그와 헤어지고 새로 언양에서 밀양으로 뚫린 터널로 향했다.

터널까지 올라가는 데는 넘어야 할 고개가 있었다. 아직 여름이 끝나지 않아 따가운 햇볕 속에서 오르막을 오르기가 무척 힘이 들었다. 전에 강원도로 갈 때 느꼈던 몸을 돌보지 않은 벌을 톡톡히 받는다는 생각이 다시 들었다. 한참 땀을 뻘뻘 흘리면서 고개를 오르고 있는데 누군가 옆에 포터를 멈추더니 태워준다고 했다. 처음에는 사양하다가 이것도 여행의 한 과정이려니 생각하고, 또한 전에 강원도 갈 때 터널 속에서 자동차 경적에 놀라 넘어진 위험한 상황이 생각나 그 사람의 포터에 자전거를 싣고 옆 좌석에 올라탔다. 그 사람은 친절한 마흔셋의 남자였다. 울산에서 사업을 하는데 원래 밀양이 집이란다. 부모님이 밀양에 계셔서 지금 부모님을 찾아뵈러 간다고 하였다. 자신도 자전거 여행을 떠나고 싶었는데 형편상 그럴 수 없다고 하였다. 대학 다닐 때는 동아리에서 무전여행을 많이 다녔다고 했다. 여름에는 제주도로 겨울에는 강원도로 다닌 경험담을 이야기해주었다. 그 말을 듣고 사람들은 이렇게 추억을 먹고 사는구나 하는 생각이 들었다. 좋은 사람이었고 좋은 만남이었다.

그 사람과 헤어지고 내가 자주 글을 남겼던 인터넷 홈페이지의 주인장인 '들꽃지기'가 밀양에 살고 있다는 생각이나 전화를 했다. 창녕 부곡 하와이 부근에서 일한다고 했다. 저녁에 만나기로 약속을 하고 나니 피곤함이 밀려왔다. 집에서 준 과일과 오이를 먹으니 잠이 왔다. 그래서 벤치에서 잠시 잠을 잤다.

잠에서 깨고 나서 아내와 전화 통화를 했다. 아내의 격려는 힘이 되었다.

밀양에서 무안으로 넘어갔다. 넘어가는 데 고개가 하나 있었다. 자전거 여행 내내 나를 괴롭힌 것이 고개였다. 아니 나를 가르친 것이 고개였다. 고개 다음에는 언제나 내리막이 있었다. 삶도 그렇다는 것을 배웠다. 힘든 고개 너머에는 언제나 시원한 내리막길이 기다리고 있다는 것을 가르쳐 주었다. 무안고개를 넘어가는데 비가 왔다. 비를 맞으며 자전거를 끌고 올라가는 내 모습을 누군가 보았다면

"왜 저런 고생을 사서 해."

라고 이야기할 수도 있었으리라. 하지만 나에게는 문제가 될 게 없었다. 부곡 하와이에 도착하니 저녁 여섯 시. 찜질방을 숙소로 정하고 나서 들꽃지기를 만났다. 몇 번 만났지만, 그분은 언제나 순수함이 느껴지는 사람이었다. 작년에 담갔다는 매실주를 한 병 들고 왔다. 둘이 차를 타고 삼계탕 집으로 갔다. 삼계탕과 매실주와 사람 사는 이야기가 가득한 밤이었다. 들꽃지기와 이야기를 하던 중 피곤이 몰려와 9시경 숙소로 돌아왔다. 부곡 하와이의 찜질방은 시설이 아주 훌륭했다. 하지만 휴가철이 지나서인지 손님은 별로 없었다. 그 넓은 공간을 혼자 쓰기가 미안할 정도였다.

다음 날 아침 6시 45분, 숙소를 나섰다. 밤에는 보이지 않던 숙소의 모습이 한눈에 들어왔다. 숙소는 버섯 모양이었는데, 산속에 하나의 큰 버섯. 동화 속의 집 같았다. 진주까지 가는 날, 이번 여행에서 가장 힘든 코스였다. 전날은 날씨도 흐리고 비도 와서 힘이 덜 들었지만, 진주 가는 길은 햇볕이 쨍쨍 내리쬐는 고통이 동반했다. 모르는 길을 물어물어 찾아가다 보니 길을 잃어 돌아가기도 했다. 고개는 왜 그리 많은지. 부곡에서 함안군 칠서까지 내려와서 진주로 달렸다. 진주를 30㎞ 정도 남기고 길을 잃었다.

마침 파출소가 보여 들어가 길을 물었는데, 경찰 아저씨가 무척 친절하게 대

해주었다. 이제껏 만난 경찰 중에 가장 친절한 경찰이었다. 얼굴이 벌겋게 타고 후줄근한 모습으로 들어가니 먼저 시원한 물을 권하였다. 잠시 땀이 식기를 기다렸다가 진주로 가는 길을 상세하고 자세하게 설명해주었다. 감사하다는 인사를 마치고 경찰관이 가르쳐준 길을 따라가는데, 이번 여행에서 가장 가파른 고개를 만났다. 자전거 타는 것을 포기하고 고개를 오르는데, 따가운 햇볕은 피곤한 몸을 짓눌러 나를 탈진하게 했다. 입술을 깨물고 한 걸음 한 걸음 올라갔다. 정상을 보면 더욱 힘이 들 것 같아 땅만 보고 걸어 올라갔다. 드디어 정상에 도착했고, 그 이후는 줄곧 내리막길이었다. 내리막길을 다 내려가니 그날의 마지막 고비인 또 다른 고개를 만났다. 고개를 힘겹게 올라가 아들에게 문자를 넣었다.

"한 시간만 지나면 진주란다."

그 고개를 넘어와서 한참을 달리니 진주 장례식장이 보였다. 그곳에서 예전에 G○○○에서 함께 일한 적이 있는 박 이사에게 전화했다. 원래 박 이사는 진주에서 가장 큰 가구점을 운영했었는데, 그것이 부도가 나서 울산으로 오게 된 사람으로 박 사장의 친동생이었다. 나와 나이가 한 살밖에 차이가 나지 않아 평소 친구처럼 지낸 사이였다. G○○○에서 자기 형과 불화가 생겨 다시 진주로 돌아가 가구점을 운영하고 있었다. 박 이사가 전화로 안내해 준 대로 조금 가니 강변 자전거 도로가 나타났다. 자전거 도로는 거의 15㎞ 정도 이어진 것 같았다. 강을 끼고 달리는 기분은 이번 여행에서 가장 좋은 경험이었다. 낮의 뜨거운 열기로 해서 얼굴과 몸이 화상 수준으로 익었고 몸은 녹초가 되고 엉덩이가 너무 아팠지만 좋은 경치를 구경하면서 강변도로를 달리는 기분은 그런 힘든 생각을 깨끗하게 씻어주는 것 같았다. 강변 끝에는 진주성이 나타났다. 진주성에서 박 이사의 가게까지는 얼마 걸리지 않았다.

그를 만난 것은 거의 1년 만이었다. 박 이사의 차를 타고 10분 정도 달려 진주 시내로 가서 삼겹살에 소주를 마셨다. 옛날이야기를 하며 시간 가는 줄을 몰랐다. 삼겹살집을 나와서 그냥 헤어지기가 아쉬워 소주와 안주를 사 들고 진주성 옆 강변으로 갔다. 함께 술을 마시고 있는데, 젊은 연인들이 포옹하는 장면을 보았다. '나도 저런 시절이 있었지.'라는 생각이 들어 씁쓸한 기분이 들었고, 강변을 나와 박 이사와 헤어져 숙소로 정한 여인숙으로 향했다.

다음 날 아침 일찍 길을 나섰다. 하동을 거쳐 전라도 땅을 밟았다. 전라도는 여러 번 간 적이 있었다. 21살 때 신병 훈련을 받은 것이 광주 북구 오치동이었다. 그날 절친 기혁이가 오치동까지 따라와 주었는데, 입소하는 날 아침에 시킨 백반의 반찬이 너무 많은 것을 보고 문화적인 충격을 받았다. 다음으로 간 것이 대학교 다닐 때 학술여행으로 서정주 생가와 선운사 등을 여행했을 때이고 세 번째가 우ㅇㅇ이란 친구가 살았던 전주에 갔을 때였고, 네 번째가 신입사원 때 Kㅇㅇ 공장이 전라도에 있어 견학을 하러 갔을 때였다. 마지막으로 간 것은 우ㅇㅇ이란 친구가 수술을 받다가 죽은 전주 예수병원에 문상을 하러 갔을 때였다. 대학 생활 중 많은 시간을 함께한 친구였기에 마지막 전라도의 기억은 슬픔이었다. 다시 전라도를 자전거를 타고 찾아가니 감회가 아주 새로웠다.

아스팔트의 뜨거운 열기를 온몸으로 겪으며 자전거를 타고 가는 길은 고행 그 자체였다. 너무 허벅지가 아팠고, 엉덩이에 물집이 생겼다. 그렇게 고개를 넘고 넘어 순천에 도착했다. 순천은 첫인상이 너무 좋았다. 도로도 넓었으며 깨끗한 이미지를 가진 도시였다. 순천을 들어서자마자 큰 찜질방이 보여 그곳에서 하루를 보내기로 하고 근처 식당을 찾아 저녁을 먹고는 망설임 없이 그곳으로 들어갔다. 샤워하고 열기 욕실에 들어가 땀을 흘리니 피곤이 한순간에 밀물처럼 몰려와 잠이 들었다.

여행 4일째, 순천에서 출발하여 해남으로 향했다. 해남에서 또다시 1박을 하고 땅끝마을에 도착한 것은 점심때가 되어서였다. 비가 조금씩 내렸지만, 바다의 시원한 바람이 이마의 땀을 씻어주었다. 땅끝마을은 식당과 주차장 바다가 전부였다. 약간 실망을 하였다.

'땅끝마을에서 하늘을 보자.'가 이번 여행의 슬로건이었지만, 땅끝마을에서 땅 끝이란 별 의미가 없다는 것을 깨달았다. 우리가 밟고 있는 이 땅 위도 땅 끝일 수 있으며, 바닷가의 해변과 강과 강변, 어디 땅 끝이 아닌 곳이 없다는 생각이 들었다. 아니, 우리 삶 자체, 오늘이 바로 땅 끝이란 생각을 지울 수 없었다. 끝은 새로운 시작을 의미한다는 것쯤은 누구나 알고 있다. 그런데도 땅끝마을을 찾는 것은 그곳에 가면 무언가 알지 못했던 새로운 시작의 의미를 알게 되지 않을까 하는 막연한 기대감 때문이었다. 그런데 돌아와 회상해보니 무엇도 나에게 분명하게 다가서는 의미는 없었다. 떠날 때 희망을 가득 안고 돌아오겠다던 생각은 돌아올 때도 출발할 때처럼 막연함뿐이다. 하지만 한 가지 확신은 있었다. 세상은 어디나 땅 끝이며 절망이 찾아오더라도 다른 곳에서 방법을 찾지 말고 자신이 선 그 자리에서 다시 시작해야 한다는 것을. 희망은 멀리 땅끝마을에 존재하는 것이 아니라 내가 선 바로 이곳에 존재하며 난 그것을 여기에서 찾아야 한다는 것을.

땅끝마을에서 돌아와 아무 일도 하지 않고 그저 쉬었다. 집 근처에 있는 울산대공원을 찾아 호수를 보며 글을 적었다. 몇 시간씩 앉아 멍하게 글을 썼다. 그러다 보니 그곳을 찾는 많은 사람과 안면을 익히게 되었다. 새벽에 깨면 대공원을 찾아가 몇 시간씩 멍하니 앉아 있다가 싫증이 나면 집에 돌아와 잠을 자거나 텔레비전을 보았다. 참 편안했다. 아등바등 살았던 순간순간들이 먼일처럼 느껴졌다. 그즈음 사촌 형수의 권유로 아내와 알코올 클리닉을 찾았다. 의사의 처방을 받고 약을 먹었다. 그리고 술을 끊었다. 금주의 생활이 약 3개월간 지속이 되었고, 비록 빚은 많았지만, 몸과 마음은 안정을 찾아 평화로웠다.

인테리어 사업,
다시 혼란의 시작

쉬면서 할 일을 찾았다. 그러다 나보다 먼저 KOO에서 퇴사하여 인테리어를 하는 후배 사무실에서 시간을 보냈다. 인터넷 고스톱을 치기도 하면서 사무실을 지켰는데 그 후배가 나에게 장판 장사를 해보지 않겠느냐는 제안을 했다. '중상'이라는 것이었는데, 장판대리점에서 싸게 물건을 받아 물건을 팔아 수금을 한 후 남는 금액을 떼고 입금을 해주면 된다고 했다. 그렇게 해서 장판 장사를 시작했지만 내가 하기에는 벅찬 부분이 있었다. 우선 장판은 롤 형태로 되어있었는데, 생각보다 무게가 엄청났다. 요령 없이 그것을 제어하기에는 무리가 따랐고, 장사도 되지 않아 한 달 정도를 하다 그만두었다.

그다음으로 한 것이 동화 건축자재에서 이건창호와 강화마루 영업이었다. 주 고객이 인테리어 업체라서 울산 시내 인테리어 업체는 거의 모든 곳을 돌아다니며 영업을 했다. 그러다가 어느 날 회사의 PC를 살펴보니 그곳에는 이제 껏 거래한 인테리어 업체의 연락처가 등록되어 있었다. 일일이 돌아다니면서 영업을 하기보다는 등록된 전화번호로 문자 발송을 하면 어떨까 하는 생각이 떠올랐고, 문자 발송을 하였다. 하지만 생각보다 반응이 좋지 않았다. 그곳에 서도 실적이 저조해지자 사장으로부터 압력을 받기 시작했고 얼마 지나지 않아 그만두게 되었다.

또다시 일을 찾다가 SO하우징이란 건축자재 회사에 취직했다. SO하우징은 TOO에서 함께 일한 이OO 전무가 시작한 건축자재 회사였다. 월급은 아예 없고 실적에 몇%라는 수당만 있었다. TOO, DOO 건축자재 등을 거치며 건축자재 영업은 어느 정도 경험이 있다고 생각했지만 역시 잘 안 되었다. 그래서 이곳도 그만두었다.

그러던 12월의 어느 날 저녁, 송 부장으로부터 한 통의 전화를 받았다. 송 부장은 TOO에 있을 때부터 알고 지내던 사람이었는데, 'SO하우징'에서도 영업부장으로 같이 일을 한 사람이었다. 약속 장소로 찾아가니 송 부장과 다른한 사람이 술을 마시고 있었다. 술을 끊었다며 술은 마시지 않고 두 사람의 이야기만 들었다. 또 다른 혼란의 시작이었다.

"이 분은 정OO 사장님이라고 건축 일을 하는 사람입니다."

"아, 예. 반갑습니다."

간단한 소개가 끝이 나자 정OO 사장이 자기 일을 장황하게 떠벌렸다. 자기는 중국 화교이며 어릴 때부터 울산에서 자랐으며, 건축 일을 자기보다 많이한 사람이 없을 정도라고 했다. 또한, 오랫동안 건축 일을 한 만큼 건축자재에 대해서 훤하게 알고 있으며, 누구보다 싸게 자재를 구입하여, 누구보다 싸게 인테리어를 할 수 있고, 집 또한 여러 채를 지었다며 자신을 소개했다. 그리고 별 할 일 없으면 자신과 한번 일을 해보면 어떻겠냐는 제안을 했다. 당시 일정한 일이 없이 쉬고 있을 때라 그 말에 혹했다.

"저는 이쪽 계통에서 일한 적이 전혀 없습니다. 말 그대로 못 하나 제대로 못 치는 사람이며, 인테리어에 대해서는 인자도 모르는 사람입니다. 그런 제가 인테리어를 할 수 있겠습니까?"

"흐흐, 저만 믿고 따라오시면 됩니다. 모든 일은 제가 다 알아서 할 테니까 그런 걱정은 조금도 하지 않아도 됩니다. 인테리어는 제가 거의 달인이기 때문에 저에게서 조금만 배우면 금방 잘 할 수 있게 됩니다. 걱정하지 마십시오."

"예, 그러면 좋습니다. 함께 하도록 하지요."

그다음 날부터 정 사장과 나는 인테리어에 대한 일을 어떻게 진행할 것인지에 대해 매일 만나 의논을 하였다. 학원을 할 때 전단을 붙여 회원 모집을 한 경험이 있어 내가 전단을 만들어 붙이기로 하고 견적은 정 사장이 내기로 하였다. 사무실도 없이 시작하였는데, 그때는 한겨울이라 무척 날이 추웠다. 새벽부터 일어나 전단을 붙이기 시작했다.

"최저의 가격으로 최고 품질의 리모델링."

이러한 문구로 전단을 붙이자마자 전화통은 불이 나게 울렸다. 그 정도로 반응이 좋을지는 몰랐다. 그리고 약속 시각을 정하고 둘은 견적을 내러 다녔다. 정 사장은 자신의 말대로 다른 업자 가격의 80% 수준의 견적을 내었고 나를 혹하게 한 것처럼 고객들을 혹하게 만들어 일을 따냈다. 난 이런 일도 있을 수 있구나 생각하며 대박의 꿈에 부풀어 있었다. 2010년 1월 3일 8천 8백만 원, 8건의 공사를 동시에 진행하였다. 정 사장 친구 한 명을 불러 함께 철거를 시작하였고 폐기물은 그 친구의 포터로 처리했다. 또한, 공사에 필요한 자재도 그 친구의 포터로 처리했다. 순조롭게 공사가 진행되던 중 일주일이 흘렀다. 정확하게 1월 10일이었다. 그런데 계약금 중 일부를 가지고 정 사장은 잠적하여 연락되지 않았다. 나중에 안 일이지만 정 사장은 알코올 중독자였고, 술을 마시기 시작하면 몇 날 며칠이던 돈이 수중에 다 떨어질 때까지 술을 마시는 사람이었다.

1월 엄동설한에 남의 집 내부는 다 뜯어내어 놓고 공사를 진행할 사람은 자취를 감추었으니 인테리어 인자도 모르는 나는 환장할 지경에 놓였다. 속은 타들어 갔고 끊었던 술을 다시 마시기 시작했다. 그날 내 심정과도 같은 겨울비가 내렸다. 그때 적은 글이다.

詩 ————————————————
빗물에 타는 몸

머리 위에 떨어지는 물은
빗물이 아니었다. 눈물이었다.

맨날 칼에 베인 손으로
마시는 술이었다.

술은 또다시 몸속 기관을 베었다.
풀그럴 뿔그럴 끓어오르며
일어나는 내장들의 반란

꺼이꺼이 비 내리는

어둠 속 산길을 걸어
지금 난 어디로 가고 있는 것인가.

참꽃 짓이긴 꽃물로
보랗게 보랗게
그토록 예쁜 색깔로 아파했으면

그리운 사람이 우연이라도
앞에 서 있어줄 것만도 같은데.
빗물에 온몸이 타버릴 것만 같다.

공사는 며칠간 진행이 되지 않았고, 계약자들의 전화에 시달려야 했다. 그래서 마음을 독하게 먹었다. '어차피 내가 벌인 일 어떻게든 내가 수습을 하자.'라고 생각하며 도움을 청할 사람을 찾았다. 그때 평소에 안면이 있던 우리 동네 인테리어 가게를 하는 김 사장이 떠올랐다.

그 사람은 교회 집사로 아주 신앙심이 두터운 사람이었다. 전에 동화마루 영업을 할 때 알았던 사람으로 믿음이 가는 사람이었다. 김 사장을 만나 자초지종을 이야기하고 도움을 청했다. 겨울철에는 원래 인테리어 비수기여서 김 사장도 일이 없어 쉬고 있던 터라 좋다고 동의했다. 대신에 일당을 15만 원 쳐주기로 했다. 김 사장 덕분에 공사는 우여곡절 끝에 마무리가 되었다. 첫 번째 공사에서 1천 5백만 원의 적자를 보았다. 우선 견적 자체가 싸게 들어갔고, 내가 일을 몰라 이중 삼중으로 들어가지 않아도 될 돈이 들어갔으며, 일등 사장에게 지급한 일당도 만만한 금액이 아니었다. 형편이 어려운 상황에서 돈을 벌지는 못할망정 집을 담보로 대출을 받아 자재비 등을 지급했으니 다시 절망에 빠졌다.

그즈음, 계약금을 받아 잠적한 정○○ 사장으로부터 전화를 받았다. 자기가 낸 견적으로 공사를 했으면 2천만 원이 남았을 것이라며 돈 일천만 원을 달라고 했다. 정말 기가 막힐 노릇이었다. 그 사람과 욕을 해대며 통화를 했다.

"정 사장님, 한번 만납시다. 만나서 이야기합시다."

하지만 찔렸던지 만나자는 내 말에 답을 피하면서 돈만을 요구했다. 속에 화가 치밀어 올랐다. 한동안 잊을만하면 전화를 해서 돈을 요구했고, '살다 살다 이런 기가 막힐 일도 있구나.' 하는 생각을 했다. 결국, 전화 수신 거절 설정을 하고 그 사람과의 관계를 끝냈다.

일을 마치고 난 후 인테리어 공사를 그만두겠다고 생각한 나에게 사장은 제안을 했다.

"윤 사장님, 다른 할 일이 없으면 저하고 인테리어 일 같이 해보는 것이 어떻겠습니까?"

"아니, 전 안 하겠습니다. 진절머리가 납니다. 공사도 모르고 적자도 엄청 많이 보았는데 다시 할 생각이 전혀 없습니다."

"그러지 마시고 다시 한번 생각해보십시오. 이 비수기에 공사를 한 번에 8개나 딸 수 있다는 것은 대단한 능력입니다. 윤 사장님이 다리만 놓아주시면 그다음부터 제가 다 알아서 하겠습니다."

정 사장과 똑같은 제안을 나에게 했다. 하지만 직접 겪어본 일등 사장은 정 사장과는 달리 믿음이 갔다.

"예, 그러면 한번 같이 해봅시다."

"윤 사장님, 같이 해서 남는 것은 50대 50으로 나누기로 합시다."

"아닙니다. 김 사장님은 사무실도 유지해야 하고 하니 저는 남는 것의 40%만 주십시오."

이렇게 해서 다시 인테리어 일을 일등 사장과 함께 하기로 했다. 또다시 전단을 만들어 붙이기 시작했다. 전에 전단을 만들어 본 경험이 있기에 또다시 전화가 많이 왔다. 일등 사장과 함께 견적을 내었고 5건 4천 5백만 원의 공사를 한 번에 진행했다. 철거부터 자재 정리까지 모든 부분을 함께 했다. 그런데 어느 날 김 사장에게 돈을 줄 것을 요구했다. 그랬더니 돈을 줄 수 없다는 대답을 들었다.

"생각보다 남는 게 없습니다."

또다시 기가 막혔다. 지금 생각해보니 사장의 말이 맞았지만, 그 당시 정 사장에게 혼이 나간 상태라 감정이 무척 상했다.

"남는 게 없으면 같이 일할 필요가 없겠네요. 그러면 전 오늘부로 그만두겠습니다. 마무리는 김 사장이 알아서 하십시오."

이렇게 해서 그 사장과의 동업도 끝이 났다. 그러고 나서 갈 데가 없어 오랜 친구 사무실에 들러 이러저러한 그동안 있었던 일들을 이야기하였다. 내 이야기를 한참 듣고 나더니 그 친구가 나에게 또다시 제안을 했다.

"그럼 나하고 같이 인테리어 한번 해볼 생각 없나?"

그 친구는 나보다 더 인테리어에 대해서는 전혀 모르는 사람이었다. 그래도 나는 몇 개월 동안 일등 사장과 함께 일을 하며, 어깨너머로 일의 진행 상황을 어느 정도 알고 있었고 스스로 인테리어 공사를 따서 진행할 자신이 있었다.

"창영아, 자금은 내가 댈 테니까 니가 진행을 한번 해봐라."

여기서도 마찬가지 다른 대안이 없었기에 그렇게 하자고 하고 또다시 동업을 시작했다. 전과 마찬가지로 전단을 만들어 붙였고, 이제는 내가 직접 견적을 내고 공사에 들어갔다. 새벽 6시에 나와서 전단을 붙였고, 견적을 내고 공사를 시작했다. 하지만 같이하자고 한 친구는 12시 넘어서야 나왔다. 그 친구도 알코올 중독이었고, 자칭 저질 체질이었다. 매일 밤늦도록 술을 마셨고 아침에는 일어나지 못해 늦도록 잠을 자고 점심 때 쯤에나 모습을 드러낸 것이다. 그래도 내 할 일만 충실히 하면 된다는 생각으로 열심히 일했다.

친구는 늦게 나오는 대신 포터 중고를 한 대 샀고, 캐드로 설계도를 만드는 프로그램을 사서 스스로 연구는 등 노력하는 모습을 보여주었다. 그리고 전에 일등창호에서 알게 된 박 소장을 현장 소장으로 영입했다. 또한, 공사를 하는 중에 전부터 알고 있었던 강 사장을 다시 만났다. 그는 인테리어를 새로 시작하는 단계에 있었는데 일만 시켜주면 어떤 일이든 하겠다고 하였다. 그래서 잡다한 공사는 그에게 일당을 주면서 시켰다. 그는 여러 방면에서 일머리가 있었고 손재주도 있어 나에게는 많은 도움을 주었다.

한동안 일은 순조롭게 진행이 되었다. 친구나 나나 박 소장 세 명 모두 술을 좋아하였기에 일을 마치고 나면 저녁에 술을 마시는 횟수가 잦았다. 그런데 인테리어 공사를 진행한 아파트 한 곳에서 문제가 생겼다. 우리에게 현금 영수증을 해 달라고 요구한 것이다. 현금 영수증은 소득에 잡히는 것이라 부가세가 따라와야 함에도 부가세는 줄 수 없고 현금 영수증만을 요구하였고 공사를 끝냈음에도 2천 2백만 원의 부가세 금액인 2백 2십만 원을 떼어 놓고 수금을 해 주었다. 그리고는 A4용지 한 장 분량에다 말도 안 되는 A/S 요구 항목을 적어 놓고 마무리 공사를 다시 하라고 요구했다. 정말 기가 막힐 노릇이었다. 그 요구를 들어주기 위해선 기껏 해놓은 공사를 처음부터 새로 해야 할 상황이었다. 그래서 친구와 협의하여 그 금액을 포기하고 공사에서 손을 떼기로 하였다.

그즈음부터 친구의 인상뿐만 아니라 나를 대하는 태도도 180도 바뀌었다.

그렇게 자주 마셨던 술자리를 피했고 나만 보면 오만가지 인상을 다 썼다. 그리고 완전 나를 무시하기 시작했으며, 나 때문에 1천 5백만 원 적자를 봤다고 나를 몰아세웠다. 이제 겨우 시작이고, 1천 5백만 원 적자가 날 것이 없었는데도 막무가내였다. 그의 계산대로라면 포터 산 금액과 캐드 프로그램 구입 가격, 사무실 운영비용 등이 모두 적자 금액에 포함된 것이었다. 정말 어릴 때부터 '꼬치 친구'였는데, 돈 앞에서는 이렇게 바뀔 수 있구나 하는 생각이 들어 너무 슬펐다.

"야, 난 너한테 천오백만 원어치 밖에 안 되냐?"

하고 울분에 찬 소리를 내뱉고 그 사무실을 나왔다. 그리고 다시는 동업을 하지 않겠다는 결심을 했다. 친구는 내가 없어도 박 소장만 있으면 다 되는 것으로 생각했던 것 같다. 다음 글은 그때의 심정을 적은 글이다.

지금 이 기분을 어떻게 표현해야 할 지 참 막막하다. 친구는 날 무척 욕하겠지. 어떻든 내 잘못으로 인해 일이 이 지경이 된 것에 대해 친구에게 참 미안하다. 할 말이 없다. 하지만 섭섭하기도 하다. 나에게 돈 천오백만 원을 내놓으라고 한 것과 이렇게 안 좋게 끝이 나게 만든 것에 대해. 좀 더 현명하게 마무리할 수도 있었을 텐데.

친구는 마치 나를 벌레 보듯이 한다. 그 눈길을 난 참을 수 없었다. 세상은 이런가 보다. 자신이 필요할 때는 오라고 했다가 이제 어느 정도 안정이 되고 내가 없어도 될 것 같다는 생각이 드니 내치는 것. 다른 친구에게서 이런 대우를 받았으면 그럴 수도 있겠다는 생각을 할 수도 있겠지만 그 친구는 나를 이렇게 대하면 안 된다는 생각이 든다.

둘이 얼마나 친한 사이였나 초등학교, 중학교, 청춘 시절을 그렇게 함께 보낸 나에게 이런 대우를 하다니 가슴 아프다. 돈이 없다고 무시하는 것. '네가 나 아니면 어떻게 사냐.'라고 말하는 듯한 느낌. 날 무시하는 태도에 대해 자존심이 상하고 이렇게 무시당할 수밖에 없는 현실에 맥이 빠진다.

처음 이 일을 시작할 때, 난 영업과 인테리어에 대한 노하우가 있었고, 그는 내가 갖지 못한 돈이 있었다. 그랬기에 서로 돕는 마음으로 시작한다고 생각했었는데, 그는 가진 자가 못 가진 자를 거두어준다고 생각을 한 것 같다.

박 소장은 현장관리는 잘 해도 견적도 일도 딸 줄 모르는 사람이었다. 그런데 그런 박 소장을 믿고 날 토사구팽시키다니, 기가 막혔다. 하지만 할 수가 없었다.

갈 데가 없어 한동안 집에서 두문불출하다가 문득 화장실 천장 공사를 하는 인테리어 사장인 한 사장이 생각났다. 한 사장은 고맙게도 나에게 자신의 사무실 한 칸을 보증금 없이 월 20만 원을 주고 사용하라고 했다. 그래서 다시 인테리어를 시작하였다. 되든 안 되든 혼자 해볼 생각으로 다시 전단을 붙이고 인테리어를 하기 시작했다. 그러던 중 한 사장은 사무실을 빼고 전시실에 탁자 하나를 지정하고 그곳에서 일을 보라고 말했다. 나가라는 소리로 들렸다. 정말 여러 곳에서 참 많이도 상처를 받았다.

그때 오갈 데가 없는 나에게 일을 하면서 알게 된 설비 사장이 자신의 건물 1층에 보증금 없이 월 30만 원만 내고 있으면 어떻겠냐는 제안을 했다. 자신의 장비도 그곳에 좀 놓아두고 월세는 자신도 보태겠다는 제안이었다. 나에게는 달리 선택의 여지가 없었다.

아무래도 월세가 부담된 나는 도배 아줌마 두 명에게 월세를 나누어 내고 사무실을 함께 사용하자는 제안을 하였고 두 사람이 동의하여 세 명이 한 사무실을 사용하게 되었다. 월세 10만 원만 내면 되었기에 무료나 다름이 없는 아주 좋은 조건이었다. 그래서 사무실을 꾸미고 새롭게 일을 시작하게 되었다.

1층 20평 정도 되는 사무실이었는데, 본격적인 인테리어 업을 시작했고 얼마 간은 현상유지는 되었다. 하지만 함께 월세를 내겠다던 설비사장도 도배 아주머니도 중도에 그만 두었고 월세 내는 것은 내 차지가 되었다. 그러던 중에 K ○○ 후배 한 명을 만났다. 나와는 오랜 술친구였는데, 자신의 밑에 있던 여직원이 회사 공금을 횡령하여 구속되었고 자신은 관리를 못 했다고 해고당했다고 했다. 그리고 퇴직금과 저축한 돈을 사업에 투자했는데 사기를 당해 오갈 데 없는 형편이 되었다고 했다. 나와는 친한 후배였기에

"우리 사무실 한쪽에 방을 만들어 줄 테니까 여기 와서 살아. 그리고 내가 인테리어 일을 가르쳐 줄 테니 한 번 해볼래."

후배가 안쓰러워 그런 제안을 했다. 후배는 고마워했고 우리는 함께 일을 했다. 그렇게 2년여를 일하다가 또, 한번 큰 적자를 보는 공사를 했다. 병영에 지인의 소개로 주택 수리를 하였는데, 그 주인은 계약에도 없는 무리한 요구를 했고, 다 한 공정이 마음에 들지 않는다며 새로 공사를 해 달라고 요구했다. 난 엄청난 스트레스를 받았고 공사를 하지 않겠다고 선언했다. 그러자 소개해준 지인이 강력하게 공사를 마무리해 달라고 요구했다. 적자가 날 것을 뻔히 알면서도 공사를 마무리했다. 여기서 또 1천만 원이 넘는 적자를 보았다. 이제 집을 담보로 대출을 내는 것에도 한계에 이르렀다. 그래서 후배에게 사무실과 장비등 모든 것을 권리금 한 푼 받지 않고 무료로 넘겨주었다. 그때 후배는 또 다른 부탁을 했다.

"형님, 사업자 등록증 지금 사용하고 있는 데로 좀 사용합시다. 그 사업자등록증으로 견적이 들어간 것이 있어서 형님이 폐업신고를 하면 제가 좀 곤란해

집니다.”

“그래 알았다. 하지만 부가세는 네가 책임지고 내라.”

“그건 조금도 걱정하지 마세요.”

그런데 그 후배는 내 사업자등록증으로 공사를 하고 부가세를 내지 않았다. 또한, 내 종합소득세도 늘어났다. 전에 후배에게 줄 돈이 얼마간 있었는데, 그것으로 대체하자고 했고, 돈이 없다는 데는 달리 방법이 없었다. 나도 더 이상은 그것에 대해 신경을 쓰고 싶지 않아 더 이의를 제기하지 않았지만, 부가세는 그 당시 내 형편으로는 상당히 부담되는 금액이었다.

그래서 결국은 집을 팔기로 했다. K○○에서 퇴직할 때 내 명의의 아파트가 하나 있었는데, 계속되는 생활비와 사업으로 인한 손실로 빚이 눈덩이처럼 불어났고 결국 그것을 갚기 위해 아파트를 팔아야 했다. 그리고는 2014년 4월 13일 복산동 본가로 들어와 어머니와 함께 살게 되었다.

일이 어떻게 이렇게 안 될 수가 있는 건지. 내 일이었지만 스스로도 기가 막혔다. 성공을 떠나 처참한 상황에 부딪히게 되었다. 글이라도 쓰지 않았으면 어찌 되었을까? 그래도 글을 쓰는 시간이 있어 이런 어려움도 털고 다시 시작할 힘이 생긴 것 같다. 인생이란 어쩌면 글을 쓰는 시간일지도 모른다는 생각이 들었다. 누군가 내 이야기를 글로 쓰는 것 같고, 그 글 속에 주인공이 나인 것 같다는 생각도 들었다. 그렇다면 나를 주인공으로 글을 쓰는 작가여, 인제 그만 좀 괴롭히시라. 하지만 그 글을 쓰는 사람은 바로 나였다. 이렇게 어려운 상황으로 내몬 것도 나였고, 아파하는 것도 나였다. 그래도 글을 쓰는 시간이 있어 많은 위안이 되었다.

끊임없는 시련과 시련의 날들

인테리어를 접고 다시 취업하기 위해 구인광고를 보던 중 경주 냉천공단의 '군영'이라는 도장공장에서 도장부장을 구한다는 광고를 보았다. 전에 다른 회사에서 도장관리를 해본 경험이 생각나 이거다 싶어 지원하게 되었고, 그곳에 도장부장으로 취업을 하게 되었다. 처음 한 달은 아주 의욕적으로 일을 했다. 전임 도장부장이 일을 엉망으로 만들어 놓았기에 힘이 들었지만 나를 중심으로 일치단결하여 다시 한번 시작해보자는 직원들의 마음이 있었다.

첫 한 달간은 계획을 초과 달성하였다. 그리고 분위기도 좋았다. 생산 반장과의 호흡도 맞았으며, 부하직원과의 유대관계도 좋았다. 하지만 첫 달이 지나자 물량이 기존의 2배로 늘어났다. 변압기 물량이 추가된 것이다. 사전에 CAPA 분석을 하였고 현 시설과 인원으로는 그 물량을 모두 소화하기에는 무리가 따른다는 보고를 하였고, 대안으로 다른 도장공장에서 할 수 있는 것은 아웃소싱을 하자는 제안을 하였다. 그때부터 사장과 나의 불협화음이 시작되었다. 관리자로서 현황을 파악하고 보고하는 것은 당연하였고 K○○에서도 그런 업무에 익숙해 있었다. 하지만 사장의 생각은 달랐다. 하라면 하지 무슨 말이 많냐는 것이다. 밤을 세워서라도 해야지 못한다는 말을 왜 하느냐는 것이다.

합리적인 대안을 찾자는 의견이 '할 수 없다'는 식으로 받아들여지니 답이 없었다. 사장은 옛날에는 이것보다 더한 것도 했는데, 왜 못 하냐는 식이며 그것은 내 능력이 부족하기 때문이라는 말도 되지 않는 비난을 했다. 도장은 물리적인 시간이 꼭 필요하다. 전처리 작업과 하도 도장 후 드라이 타임(건조시간)이 필요하며, 중도, 상도도 마찬가지이다. 그리고 공정별 검사과정도 거친다. 도료 MAKER, 선주 감독관, 제조업체(중공업) 감독관 등의 검사가 합격이 되어야 다음 공정으로 넘어갈 수 있다. 그런 과정을 누구보다 잘 알고 있을 사장이 나에게 무리한 요구를 하는 것에는 다른 이유가 있을 것이란 생각도 들었다.

그러다 보니 현장 직원들과 사무실 간에는 마찰이 생기기 시작했다. 생산 CAPA는 한계가 있는데, 무리한 작업 스케줄을 짜는 사무실 직원들이 그들의 눈에 좋게 보일 리가 없었다. 또한, 아침마다 사장은 나를 제쳐두고 생산직원들을 모아 1시간씩 정신 교육을 했다. 그러다 보니 현장직원들 사이에도 불만의 목소리가 점점 커졌고 급기야는 사직하는 직원들도 생기기 시작했다. 사장의 생각은 무조건 불도저처럼 밀어붙이면 된다는 식의 사고방식으로 일을 시키니 도저히 감당할 수가 없었다.

그해 눈이 많이 내렸다. 울산 지역에는 눈이 잘 오지 않는 곳이라 조금만 눈이 내려 쌓여도 사고가 많이 난다. 특히 눈이 내리면 도로는 거의 주차장이 되어버린다. 그 날 모처럼 눈이 많이 내려 어렵게 어렵게 출근을 했다. 그런데 고생고생해서 출근한 직원들을 모아놓고 사장은 원칙만을 강조하며, 몇 시간이

나 잔소리를 해대었다. 이것은 '아니다.'라는 생각이 들었다. 그래서 불합리한 점(과도한 물량을 납부기한 내에 처리할 수 없는 사유)에 대해 A4용지 네 장 분량으로 정리하여 사장 책상 위에 사직서와 함께 놓아두고 회사를 나왔다.

또, 백수가 되었다. 나도 스스로에 대해 진절머리가 날 만큼 회사를 들락거렸다. 어느새 가족에게는 회사를 들락거리는 가장으로 인식이 되어 마음이 불편했다. 인식도 인식이지만 잇단 실직으로 가정 경제는 더욱 취약해졌다.

군영을 그만두고 나서 놀고 있을 때, 아내의 처조카 사위가 운영하는 한의원에 가서 사무장 생활을 하면 어떻겠냐는 제안을 하였다. 아내가 그곳을 가 본 적이 있는데, 시골과 인접한 곳이라서 경치도 좋고 글쓰기에도 좋겠더라고 하였다. 그래서 주말 부부가 되었다. 한의원이 위치한 곳은 창원 근교의 자여란 곳이었는데, 지금까지 가장 편안한 생활을 한 곳으로 기억에 남았다. 그곳에서 3개월 동안 머물면서 많은 시와 생활글을 적으며, 재충전의 시간을 가졌다.

자여에서 다시 돌아와 일자리를 찾다가 문성이라는 도장공장에서 도장부장 모집 공고를 보고 지원하여 합격하였다. 이곳에서 2달을 보냈고, 다시 사장에게 해고 통지를 받았다. 어디를 가나 쉬운 곳이 없었다. 관리직은 사장과의 마인드가 맞지 않으면 버티기 힘들다는 생각이 들어 아예 생산직을 구하기로 하고 자동차 부품업체에 생산직으로 들어갔다. 하지만 생산 일을 해보지 않은 나에게는 이마저도 쉽지 않았다. 그런 와중에 G○○○의 박 사장이 나에게 한 사람을 소개해주었다. 목화란 업체인데 사장과 함께 다니며 일을 하는 것이었다. 그런데 이 사장은 나에게 보증을 요구했다. 하지만 보증을 서주는 것을 거절했기에 이곳에서도 잘렸다. 다시 일자리를 찾은 것이 온산에 있는 한 공장의 생산직이었다. 일이 너무 힘이 들어 도저히 버틸 수가 없었다. 그래서 그곳도 한 달 다니다 그만두었다.

제3장
술의 감옥에서 탈출하다

회사에 들락거리는 것이 보기에도 좋지 않고, 이제 더 갈 곳도 없었다. 이러한 생활이 지속하자 스트레스를 엄청 받았으며, 폭음했다. 그러다 어느 날 술에서 깨어보니 울산의 중심가인 삼산동의 한 편의점 앞이었다. 술을 마시고 그곳에 쓰러져 잠이 든 것이다. 이래서는 안 되겠다 싶어 술을 끊기로 하고 병원에 가서 알코올 클리닉을 받았다. 술 끊기는 감옥에서 탈출하는 것만큼이나 어려운 일이었다. 그래서 탈주기라는 이름을 붙였다. 그리고 술을 끊었다. 술을 끊기 시작했을 때 적었던 글이다.

탈주기 1 ─────────────
난 이제 탈주한다

술은 때론 위안이 되었으나
많은 부분 나를 지치게 했다.
술은 많은 친구를 만나게 해주었으나
많은 부분 나를 지치게 했다.

술을 처음 입에 댄 건 17살.
그때는 호기심과 반항심,
술맛도 모르고 마셨으나

대학에 들어가서는 친구들과 어울려
자연스레 술을 마셨고
힘든 일이 있을 때도 즐거울 때도
자연스레 술을 마셨다.

군대에서도 계속 술을 마셨고
제대하여 복학해서도
술은 생활의 일부가 되었다.

졸업하고 직장생활을 할 때도
결혼하고 아이를 낳고도 음주는 계속되었다.

아버지의 유언이
술을 마시지 말라는 것이었지만
계속 술을 마셨다.

사촌 매형이 술병으로 죽으면서
술 마시지 말라고 하였으나
계속 술을 마셨다.

사업을 하면서도 폭음을 하였다.
어느새, 술 없이는 하루를 넘길 수 없었다.

음주운전으로 생애 첫차를 폐차시켰고
돈도 많이 들었다.

술에 취해 카드를 남발하여
나뿐만 아니라 가족의 삶까지 힘들게 했다.

더 이상 술에 찌들어 살고 싶지 않다.

술 때문에 엄마가 많이 울었다.
84살, 이제 얼마 남지 않은 인생.
술 그만 마시라는 엄마의 마지막 애절한 부탁.

난 이제 탈주한다.

탈주기 2

더 이상 애처롭게 하지 말자

세상에서 가장 소중한
나에게 아낌없이 주는 나무, 엄마.

자식이 나쁜 길로 들어설 때
아무리 애타게 타일러도 듣지 않을 때

내 마음이 아팠던 것처럼

엄마도 나로 인해 그러했으리라.

엄마는 내가 힘들 때는

아무 소리 안 해도 나보다 더 힘들어한다.

내가 기쁠 때는 아무 소리 안 해도 나보다 더 기뻐한다.

술을 마시고 절망에 쌓여 있을 때

엄마는 더 절망에 빠진다.

엄마가 술을 끊으라고 말했지만

그 말을 듣지 않았을 때

엄마의 얼굴은 핏기가 없고

엄마의 몸은 몸살에 빠진다.

엄마의 얼마 남지 않은 삶.

더 이상 애처롭게 더 이상 안타까운 마음을 갖지 않게

더 이상 술 마시지 말자.

탈주기 3 ————————————————

엄마 오래 살아서 나 잘 되는 것 꼭 보세요.

엄마의 얼굴이 환하다. 말하는 소리에도 기쁨이 묻어있다. 기쁨의 멜로디를 느낀다. 술을 안 먹는 것이 그리 좋은 모양이다. 술을 마시지 않겠다는 결심을 이제껏 지킨 적이 한 번도 없다. 예전에 금주 결심하고 제일 오래 간 것이 한 100일 정도. 술을 먹지 않고 잘 버티다가도 큰 스트레스를 받으면 다시 술을 찾곤 했다.

스트레스는 언제든지 받을 수 있다. 다시 스트레스를 받는다고 술을 찾지는 말자. 한잔이라도 마시면 이 결심은 물거품이 된다. 가능하면 술자리를 피하고 술자리에 앉더라도 사전에 마음가짐을 돈독하게 하자.

술은 나에게서 많은 것을 빼앗아 갔다. 하지만 가족들까지 뺏어가지는 않았다. 더 이상 술을 마시게 되면, 술은 나에게 내 인생은 물론 가족까지 뺏어갈 것이다. 더 이상 후회하는 일을 만들지 말자. 엄마에게 말했다. 오래 살아서 내 잘 되는 것 꼭 보시라고.

탈주기 4 ─────────────

술 먹지 않으니 참 좋다

엄마와 아침마다 데이트한다. 연로하신 몸으로 콩나물 장사를 하시는데, 어느 순간부터 콩나물 독을 시장까지 수레에 밀고 가시는 것을 힘겨워하였다. 장사를 그만두라고 말리고 싶지만, 그것이 엄마를 진정 위하는 길이 아니라 생각했기에 말리지 않고 도와주는 것을 선택했다. 그래서 콩나물 독과 수레를 차에 실어 아침마다 시장까지 날라다 준다.

차 안에서 많은 이야기는 하지 않지만 그래도 한두 마디는 꼭 한다. 요즈음

내가 술을 먹지 않으니 엄마는 너무 좋다는 말씀. 어제 얻은 잉어가 여자 몸에 그렇게 좋다는 말씀. 별 이야기는 아니지만, 엄마와 두런두런 이야기하는 것이 너무 좋다.

그것이 사랑이다. 옛날에도 엄마는 나를 사랑한다는 것을 막연하게 알았지만, 요즈음 들어 그 농도가 얼마나 짙은가를 절감한다. 엄마는 나의 땅이다. 그 땅에서 나는 태어났고 그 땅을 밟고 살아왔다. 내가 흐리면 엄마의 하늘도 흐리고 내가 울면 엄마도 같이 운다. 그것이 사랑이다. 나의 아이들이 나에게 그렇듯이. 오늘 아침 하늘은 너무 화창하다.

탈주기 5

탈주 300시간 돌파

오늘 13일째, 드디어 300시간 돌파. 탈주에 어느 정도 성공의 가능성을 조심스럽게 점쳐보고 있다. 13일밖에 되지 않았는데, 내 생활의 변화가 눈에 보이는 정도이니 1년이 넘으면 내 인생 어떻게 변화되어 있을지 기대가 크다.

삶을 있는 그대로 받아들인다는 것. 술 취하지 않은 상태에서 세상을 바라본다는 것. 그것은 나에게 새로운 경험을 하게 한다. 무엇보다 저녁에 개인 시간이 생겨서 좋다. 그동안 하지 못한 것들을 마음껏 하게 되어서. 그런데 무얼 해야 할지가 막연하다. 하지만 하루하루 재밌는 일을 찾아서 하는 즐거움도 크다.

저녁에 운동하다 보니 몸무게가 드디어 78kg이 되었다. 제일 많이 나갈 때가 83kg이니 거의 5kg이나 줄었다. 기념으로 청바지 하나 샀다. 배 둘레가 36인치였는데, 오늘 아침 34인치를 사니 착용감도 좋고 딱 맞았다. 이제 32인치에 도전이다. 새로운 목표가 생긴다는 것은 참 좋은 일이다. 이번 달까지 몸무게 75kg 허리 32인치로 목표를 정했다. 재밌다.

탈주기 6 ─────────────

술 끊으니 할 일이 참 많다

일 마치고 무얼 할까? 페인트칠할까? 아니면 재개발 지역으로 가서 보물을 찾을까? 태화강을 한번 신나게 달려볼까? 저녁에 술을 마시지 않으니 할 일이 무척 많네. 참, 8시에 성광교회 구역예배도 있었지? 그곳에 한번 가볼까? 영화는 어떨까? 공연이나 전시회장엘 한번 가 볼까? 아니면 시장을 보러 갈까? 아내와 아이를 위한 깜짝 이벤트를 할까? 엄마를 위해 무얼 한번 꾸며볼까? 큰아들은 전화기가 꺼져있네. 어제 말린 미역으로 미역국을 끓인다면 어떨까? 축복이(애견) 데리고 뒷산 산책은 어떨까? 내가 좋아하는 드라마를 볼까? 참! 화단을 예쁘게 꾸미는 일도 재밌겠지?

탈주기 7 ─────────────

나의 술 감옥 탈출기

음식에는 고유의 맛이 있다. 미나리는 미나리 맛이 있고, 달래는 달래 맛이 있다. 된장국을 끓일 때는 된장과 여러 가지 재료가 들어간다. 각 고유의 재료들은 그 나름의 맛이 있고 그 맛이 잘 어우러져야 맛있는 된장국이 된다. 된장

국의 맛을 더 하기 위해 넣는 것이 조미료이다. 조미료는 맛을 더 좋게 하려고 넣기도 하지만, 너무 많이 넣어버리면 조미료 맛만 나고 기존 재료의 맛은 제 맛을 잃어버려 된장국 전체의 맛을 떨어뜨린다. 그런데 난 어느 순간부터 재료의 맛을 음미하기보다는 침샘을 자극하는 조미료 맛에 더 길들었다. 그러다 보니 정작 그 재료가 가진 맛을 잃어버렸다.

내 인생을 돌이켜 보면, 인생의 참맛을 잃어버리고 조미료에 찌들어 살았다. 나에게서 조미료란 술이다. 사람과 사람의 만남에 술은 어쩌면 조미료와 같다. 술을 한잔하면서 사람을 만나다 보면 처음의 어색함이 그 농도가 엷어져 관계가 훨씬 부드러워진다. 그런데 만남이 더 할수록 술이 매개체 역할을 하게 되고, 만남보다는 술이 더 우선시 되는 주객전도의 상황이 벌어지기도 한다. 사람과 사람의 만남이 제맛이 되어야 하는데 그렇질 못하고 술맛이 되어버리는 것이다. 나는 이렇게 인생을 살다 보니, 내 인생을 사는 것이 아닌 술 인생을 살게 되었다. 즉 조미료에 찌든 삶을 살아온 것이다.

내가 술을 마시기 시작한 것은 고등학교부터지만 본격적으로는 대학교 들어가서부터다. 그 당시 신입생 환영회나 축제 기간 또한 동아리 활동에서 술이 없는 것은 된장국에 조미료가 없는 것과 같았다. 특히 글을 쓰는 동아리에서는 거의 매일 술자리가 만들어졌고, 그렇게 마신 술은 어느새 삶의 일부로 자리 잡았다. 그때부터 술을 끊기 전까지 거의 매일 술을 마셨고 몸은 몸대로 가정은 가정대로 일은 일대로 망가졌다. 술이란 건 표시가 나지 않게 사람을 죽이는 것이란 걸 몰랐다. 술 때문에 회사에서 쫓겨났고, 새로 시작한 사업도 술 때문에 망쳤다. 사업이 망하자 자포자기하여 더 술을 마셨다. 오죽하면 돌아가신 아버지의 유언이

"영아, 술 먹지 마라."

였으랴. 하지만 그 유언까지 무시하고 술을 마셨다. 아버지가 돌아가시고 연로하신 어머님을 모셔야 하는데 아내가

"당신 술만 끊으면 제가 어머님 모실게요."

라는 말을 했지만 난 술 없이는 못 살 것 같아 그 말을 듣지 않고 계속해서 술을 마셨다. 내 술버릇을 닮아 아들도 폭음했다. 어느 날 아들과 내가 술에 취해 서로 치고받고 싸웠고 누군가 112에 신고를 해서 경찰이 두 번이나 출동한 적도 있었다. 술 때문에 혈압이 220까지 올라갔지만 난 정신을 차리지 못하고 술을 마셨다.

그러던 어느 날, 2015년 여름으로 기억된다. 잠에서 깨어보니 벤치가 편의점 앞이었다. 술에 취해서 그곳에서 쓰러져 잠이 들었던 것이다. 몹시 부끄러웠다. '도대체 내 인생이 왜 이 모양이야,' 라는 생각이 들었고 술을 끊기로 했다. 아니 술에 찌든 생활에서 탈출하기로 했다. 그래서 금주 선언이 아닌 탈주 선언을 하기로 한 것이다. 이제껏 술을 매개로 하여 사람을 만났는데, 그것은 진정한 만남이 아니라는 생각이 들었다. 사람과 만남도 조미료 맛이 아닌 그 사람의 참맛을 느끼고 싶다는 생각을 했다. 술맛이 아닌 그 얼굴에서 풍겨 나오는 삶의 참맛을 가슴으로 음미하고 싶었다. 어려운 일이 닥칠 때마다 술 속으로 도망칠 것이 아니라 고통이나 슬픔이나 기쁨이나 고독이나 즐거움이나 그것이 가진 자체의 맛을 깊이 느끼고 싶었다.

술을 끊자 세상은 달라 보였다. 삶을 있는 그대로 받아들인다는 것. 술 취하지 않은 상태에서 세상을 바라본다는 것. 그것은 성장기 이후 겪지 못한 새로운 경험을 하게 했다. 무엇보다 저녁에 개인 시간이 생겨서 좋았다. 그동안 하지 못한 것들을 마음껏 할 수 있는 시간을 갖게 된 것이다. 한동안은 예전 같으면 술을 마실 시간에 무엇을 해야 할지가 막연했고 다시 술 생각이 간절했다.

하지만 하루하루 재밌는 일을 찾아서 하자 며칠 지나니 술 생각이 많이 줄어들었다. 정 할 일이 없으면 헬스장엘 갔다. 운동하면 잠도 잘 오고 시간도 잘 갔다. 운동 후에 목욕탕 열기 욕실에 앉아 있으면 몸이 풀리며 나른해졌는데, 세상 부러울 것이 없었다. 술 마실 때는 결코 겪지 못한 즐거운 삶이 새로이 나에게로 다가온 것이다.

저녁에 어떤 행사가 없나를 살펴보고 그 행사에 참여하는 것도 하나의 큰 즐거움이 되었다. 전시회든 시 낭송 행사든 음악회든 찾아보니 셀 수 없을 정도로 많았다. 그것을 준비한 사람들의 노고와 그 작품들 하나하나가 새로운 세상이었다. 그리고 다시 책을 읽고 글을 썼다. 한 사람의 인생의 깊이에 대해 시적인 시선으로 바라보기도 하고 내 살아가는 이야기를 깊이 있게 생각하며 글을 쓰기도 했다. 아예 카페 하나를 정해두고 매일 출근 도장을 찍으며 글을 썼고 그것은 지금도 계속되고 있다.

술을 마시지 않고 살아가니 건강도 많이 회복되었고, 무엇보다 두 여자가 너무 좋아한다. 어머니와 아내. 그들의 얼굴에 웃음을 그릴 수 있다는 이유만으로도 술을 마시지 않는 충분한 이유가 된다. 술을 끊으니 아들도 술을 끊었다. 이제 아들과 자주 여행을 다닌다. 언젠가 아들이

"아빠가 5년 전에만 술을 끊었으면 얼마나 좋았을까요?"

라는 말을 했다. 그 말에 난 웃으며 말했다.

"5년 후에 술을 끊었으면 어쩔 뻔했니?"

탈주기 8 ──────────────

난 시인이다

완전히 술을 끊었다. 술을 끊고 나니 새로운 삶이 시작되었다. 이제까지 일이 힘들면 그것을 풀려고 술을 마신다고 생각했는데, 술을 끊고 나니 그 생각이 틀렸다는 것을 알게 되었다. 술을 마시기 때문에 일이 힘들어진 것이다. 저녁마다 '맘스허브'란 카페에 가서 글을 적었다. 하지만 여전히 생활고에 시달렸고 달리 할 일도 없어 갈 데까지 가보자는 생각으로, 막노동을 한번 해보기로 했다. 인력 시장으로 아침 여섯 시에 나가 오후 다섯 시까지 일해서 일당 9만 원을 받았다. 그리고 일을 마친 후에는 '맘스허브'란 카페로 가서 밤 9시까지 글을 적었다. 어떤 일을 하든지 난 글을 썼다.

난 시인이다.

하루를 두 번 산다.
한번은 일용직 노동자로
한번은 시인으로

아침 다섯 시에 일어나
일용직 삶을 오후 다섯 시까지 살고

목욕을 하고 잠시 눈을 붙이고
오후 7시가 되면
시인으로 산다.

문화의 거리에 와서
시를 쓰고
시를 읽는다.

앞으로도 많은 일을 할 것이다.
하지만

내 직업은 시인이다.
옛날에도 지금도.

했던 일은 수도 없이 많지만
한 가지 직업
시인으로만 살았다.

앞으로도 시인으로 살 것이다.

막노동 인력시장에는 비가 오는 날은 일이 없다. 그래서 일당벌이 막노동꾼
들은 아침부터 소주병을 드는 일이 많다. 술을 끊기 전이었다면 나도 그러했으
리라. 좋아하는 비가 내리고 일이 없어 술 마시고 싶은 강한 욕구가 솟구쳐 올
랐지만 참아내었다.

탈주기 9 ──────────────

술을 끊고 한 막노동

막노동 중에 가장 힘든 것이 비계 일이었다. 6M 쇠파이프, 발판 등을 옮기고
정리하는 일이었는데, 무척 힘이 들었다. 옛날 생각이 났다. 힘든 일을 마치고
나면 그다음 코스는 으레 술집이었다. 하지만 난 술을 찾지 않고도 버틸 수 있었
다. 그래도 이 일을 5개월가량 하니 겨울이 되었고 일감이 없었다. 인력시장에

새벽에 나갔다가 일이 없어 돌아오는 길은 홀가분하면서도 맥이 빠졌다. 예전 같으면 또다시 소주를 마셨겠지만, 아무리 힘들어도 술을 입에도 대지 않았다.

일이 없어 돌아오는 날이 계속 반복되자 어떤 일이든 해야겠다는 생각이 들어 다시 생산직 일을 알아보았다. ○○산업 하청업체였는데, 공 D/M을 포장하는 곳이었다. 일이 무척 힘이 들었지만 그래도 비계 일보다는 나았다.

그곳에서 일할 때 앞에 언급한 인테리어를 같이 한 친구와 K○○ 후배를 보았다. 그들은 나를 빼고 둘이 만나 같이 일을 하는 것처럼 보였다. 그렇지만 모른 척하였다. 페인트가 묻은 내 작업복을 그들에게 보여주기 싫어서였다. 언젠간 다시 일어섰을 때 당당한 내 모습을 다시 보여주고야 말겠다는 다짐을 했다.

어느 정도 일을 하는데, 그곳의 작업자 한 사람이 사사건건 나에게 시비를 걸었다. 그도 그럴 것이 이 일은 한 사람이 D/M을 굴려주면 한 사람이 받아야 하는데, 그것이 익숙하지 않으면 같이 일하는 사람이 엄청 불편하기 때문이다. D/M을 눕혀서 굴리는 것이 아니라 비스듬히 세운 상태로 원심력을 이용하여 굴린다. 한 사람이 굴리면 D/M은 곡선을 그리면서 상대방에게 간다. 세워서 D/M을 굴리는 작업은 많은 숙련을 요구했다. 아래 시 '기다림은 곡선이다.'라는 시는 D/M이 곡선으로 굴러오는 것을 보고 쓴 시다. 난 여기에도 적응하지 못하고, 결국 그 사람과 싸우고 회사를 그만두었다. 예전 같으면 또다시 절망하여 소주를 찾았을 것이다. 하지만 난 술을 마시지 않았다.

기다림은 곡선이다.

기다리는 것은 둘러온다.

더욱 빛나기 위해.

각선미처럼,
둘러 와야 아름답다.

산길은 곡선이다.
산이 내어준 데로
걸음이 길을 만든다.

그대는 지금 더 아름답기 위해
느긋하게 걸어온다.

계절이 곡선인 것처럼
내 기다림도 곡선이다.

봄이 와 꽃이 피는 것처럼
언젠가는 그대가 올 것이다.

늦게 피어도 피지
않은 꽃은 없다는
누군가의 말처럼.

돌아서 늦게 오는 만큼
그대는 더 아름다울 것이며

내 기다림도 더
아름다울 것임을 믿는다.

아들과 떠난 오토바이 여행

그 회사를 그만 두고 나서 작은아들과 오토바이 여행을 떠났다. 125CC 오토바이 한 대를 구입하여 둘째를 태우고 서울에 사는 큰아들에게로 갔다. 사는 것이 힘들 때 무작정 여행을 떠나보는 것도 그 힘듦을 이겨내는 하나의 방법임을 두 번의 자전거 여행을 통해 알게 되었다. 막노동과 생산직에서까지 일을 그만두게 되어 이젠 어느 곳에도 쓸모없는 사람이 되었다는 허탈감이 들기도 했지만, 기다리다 보면 때는 다시 오기 마련이라는 것을 살아오면서 터득하게 된 것이다. 90kg이 넘는 둘째를 태우고 울산에서 출발해 첫째 날은 구미까지 갔다. 삼겹살을 구워 저녁을 먹었다. 아들이

"아빠 소주 한 병 시킬까요?"

"아니, 콜라 시켜."

아들의 표정에 놀라는 기색이 역력했다. 저녁을 먹은 후 그곳 찜질방에서 1박을 하고 다음 날 서울에 도착하였다. 서울에서 큰아들과 만나 재미있게 보내고 큰아들 원룸에서 1박을 했다. 내려오는 길에 구미에서 대학 후배 묘경이를 만나 잠시 쉬었다가 김천에서 1박을 하고 창녕, 밀양을 거쳐 울산에 도착했다. 3박 4일의 짧은 여행이었지만 다시 일어설 힘을 주었다. 이 글을 통해 환대를 해준 묘경이에게 감사의 말을 전하고 싶다.

완전한 탈주 성공, 글쓰기로 새로운 시작

자기소개서로 예쁘게 자신을 화장하기

관리직은 사람 모집이 없고 생산직은 육체적으로 너무 힘들었다. 그래서 생각하던 중 글쓰기로 돈을 벌 방법이 없을까를 생각해보았다. 그 당시 시 창작 밴드에서 습작 시를 첨삭해주고 얼마간의 돈을 받고 있어서 잘 연구만 하면 돈이 될 수 있는 무언가를 찾을 수 있을 것 같았다. 가만히 생각해보니 자기소개서가 떠올랐다. 그동안 작가회의 활동, 논술 등을 할 때 자기소개서 첨삭을 많이 해준 적이 있었다. 나에게서 첨삭을 받은 사람들이 대학이나 취업에 성공한 사례가 꽤 있었기 때문에 이것을 잘만 하면 돈이 될 수도 있겠다는 생각에 이르렀다.

인터넷에 조회하니 자기소개서 첨삭 관련 사이트가 엄청나게 많이 있었다. 그것을 보고 울산에 자기소개서 전문 학원을 차리면 되겠다는 생각이 들었다. 울산에는 이러한 전문학원이 없었고 필요한 학생들이 도움을 구할 때도 없었다. 물론 학교 자체적으로 자기소개서 강의를 하는 곳도 있지만, 첨삭 등 클리닉을 해줄 곳은 없었다. 자기소개서는 글의 특성상 어떻게 쓰느냐 하는 방법을 아는 것도 중요하지만, 글을 쓴 후의 첨삭이 더 중요하다는 걸 글 쓰는 사람들은 알고 있다.

삼산동에서 학원을 운영하는 대학 후배 명근이에게 빈 강의실이 있느냐고 물어보았다. 그랬더니 자신의 학원에 빈 학원이 있으며, 흔쾌히 무료로 빌려주겠다고 하였다. 그런 명근이가 무척 고마웠다. 다른 후배들에게도 말을 꺼내보았지만 모두 거절을 당한 상태라 너무 고마웠다. 울산의 중심가인 삼산동 하이블 어학원 6층에 강의실 하나를 빌려 "창아자소서"란 이름의 자소서 전문학원을 차렸다. 학원은 전에 해본 경험이 있어 운영에는 어렵지 않았다. 처음으로 지인에게서 소개를 받은 사람의 취업자소서 컨설팅을 했다. 한 번 만나 설명을 해주었는데, 그다음부터 연락이 되지 않았다. 그렇다고 실망하지 않았다. 우선 전단을 인쇄하여 울산 곳곳의 전봇대에 오토바이를 타고 다니면서 붙였다.

전단지를 붙이고 남는 시간에는 자기소개서에 대해 공부를 하였다. 인터넷에서 자료를 찾고 유튜브 강의를 들었다. 한 달 정도 들으니 어떻게 하면 되겠다는 감이 섰다. 그래서 자소서 매뉴얼을 만들었다.

전단을 보고 문의를 해 왔다. 유니스트 출신의 석사 아가씨였다. 그 아가씨의 자소서 컨설팅을 해주는데 자기소개서의 문항의 개념을 어떻게 이해해야 하는 지 한눈에 들어왔다. 그 아가씨가 쓴 자기소개서로는 서류전형을 통과하기는 어렵다는 생각이 들었다. 자기소개서에는 항목마다 요구하는 답이 있는데 그 아가씨는 엉뚱한 내용의 답을 적었다. 첫 문제가 문제해결 능력을 묻는 내용이었는데, 그 아가씨는 문제 해결을 다른 사람의 도움을 받아 해결하였고 소통이 중요하다고 서술했다. 그것은 답이 될 수 없었다. 회사는 지원자의 문제해결과정을 보겠다는 것인데, 그 아가씨는 핵심을 잘못 짚어 소통의 중요성을 답한 것이다. 자소서 첨삭을 받기 전에는 서류전형 통과조차 하지 못 하였는데, 첨삭을 받은 후로 입사 지원서류를 넣는 곳곳마다 모두 서류 전형이 통과되었다. LG전자, LG화학, KCC 등에서 면접을 보게 되었다고 했다. 여기서 한 가지, 이 아가씨를 수업하기 바로 하루 전날, 돈이 없어 유니스트 공사 현장에서 일당 10만 원을 받고 막노동을 했는데, 다음 날 유니스트 출신 석사를 상대로 자소서 강의를 한 것이다. 세상 일 참모를 일이었다.

처음엔 대상이 취업준비생이었는데, 취업준비생은 그 이후로 전화가 오지 않고 대입 자기소개서 문의 전화가 처음으로 왔다. 전화한 사람이 학생 엄마였는데, 학생하고 상의 후 다시 연락한다고 하고는 한동안 연락이 오지 않아 잊어버리고 있었다. 그런데 유니스트 취업준비생에게 받은 돈을 교회에 십일조 하려고 아내가 차에서 내려 돈을 찾으러 간 사이 그 엄마에게서 연락이 왔다. 처음으로 상담일정을 잡은 것이다. 그러니 아내는 하나님이 십일조한다는 마음먹은 것을 보고 연락이 온 것이고, 하나님이 역사하신 것이라면서 좋아했다. 그 학생은 울산 모 고등학교에서 3년 동안 전교 1등을 단 한 번도 놓친 적이 없는 유명한 학생이었다. 그 학생의 학생부를 보니 모든 학년 모든 과목이 내신 1등급이었다. 그리고 지원대학교가 서울대 의대였다. 그 학생 자기소개서를 컨설팅하는 중 그 학생이 다니는 고등학교에서 소문을 듣고 많은 학생이 몰려왔다. 한 마디로 대박이 난 것이다. 난 더 전단을 붙일 필요가 없었고 들어오는 학생도 다 감당 못 할 지경까지 이르게 된 것이다.

처음의 그 학생은 서울대 치대에 합격하였다. 나에게 자소서 컨설팅을 받은 학생 중 1명만을 제외하고 모든 학생이 자신들이 원하는 대학교에 합격했다. 그런데 문제는 그것이 끝이었다. 9월 말이 되고 수시전형이 끝이 나자 단 한 건도 문의전화가 오지 않았다. 대입 자소서 시즌이 끝이 난 것이다. 할 수 없어 대학생 취업 위주의 전단지를 만들어 울산대학교, 울산과학대학교 앞에 붙였다. 10명 정도 컨설팅을 해주었고, 울산의 바다 도서관인 몽돌 도서관에서 일반인을 상대로 자소서 강의를 하기도 했다. 그곳에도 교육생 몇 명이 입사를 하여 나에게 선물을 보내오기도 하였다. 하지만 더 이상 이 일을 한다는 것에 한계를 느꼈다. 그것으로는 생계유지가 되지 않아 학원을 접었다.

탈주기 12 ———————————————————

울산남구청 20년사 집필

집에서 마냥 놀고 있을 형편이 아니라서 다시 직장을 알아보았다. 그러다 장례식장인 울산 OO원으로 들어갔다. 편의점이었는데 일은 그다지 힘들지 않았다. 하지만 울산 토박이인 내가 그곳에서 일하니 안면이 너무 팔렸고, 모르고 지날 수도 있는 부조금이 만만치 않게 들어갔다.

그러던 중 울산 남구청에서 남구 20년사를 만드는 데 참여할 수 있는지를 물어왔다. 당연히 할 수 있다고 이야기했다. 왜냐면 스스로 글쟁이라고 자부하고 있었고 글을 쓰는 일이라면 모든 일에 우선했기 때문이다. 남구청에서 3개월 동안 20년사 집필을 했다. 남구청 직원들은 나에게 무척 잘 해주었고, 인상에 남았다. 그리고 감사했다.

다시 백수가 되었다. 하지만 이제껏 회사를 그만둔 것과 이번은 다르다. 책을 내기로 한 것이다. 이제껏 그렇게 많은 시행착오가 헛되지 않으려면, 내가 겪은 일에 대해 의미를 부여해야 했고, 다른 사람의 삶에 도움이 되었으면 좋겠다는 생각이 들었다.

글을 쓰다 보니 '나의 인생에 참 많은 일이 있었구나, 참 많이 힘들었구나.' 하는 생각이 들었다. 그리고 '한 번도 성공한 적이 없구나.' 하는 생각도 들었다. 하지만 난 실패했다고 생각하지 않는다. 잘 안 된 경험도 내 인생의 일부이며, 그것들이 자양분이 되어 나의 글이 꽃이 필 것이라는 생각을 했다.

탈주기 13 ————————————

아내가 재혼한 남편
술을 끊자 아내가 재혼했다 말합니다

"당신은 아홉 가지를 잘 하고 술 하나 때문에 잘 한 것이 다 소용없어져요."

아내가 한 말이다.

"엄마, 아빠랑 이혼하면 안 돼?"

아이가 한 말이다.

"영이, 저거는 죽는 게 더 나아."

돌아가신 아버지의 말이다. 술을 마시면서 이 정도로 가족이 스트레스를 받고 있는 줄 몰랐다. 술을 마시고 폭력을 휘두른 적도 없고 취하면 조용히 잠을 잤기에 가족들이 받는 스트레스의 정도를 가벼이 생각했다. 하지만 받아들이는 입장에서는 의외로 그 강도가 강했다. 남들 다 마시는 술을 난 좀 더 많이 마시는 것뿐이라고 생각했다. 술을 끊고 나서야 술 마실 때를 돌아보게 되었다. '오죽했으면'이라는 생각이 들었다.

아내와 이혼했다. 그리고 아내는 재혼했다. 가끔 아내는 전 남편에 대해 이야기 한다.

"당신 그때 술 마시고……."

"왜 자꾸 전 남편 이야기를 해. 전 남편 이야기하면 기분 좋을 재혼한 남편이 어디 있어."

'이게 무슨 말이야.' 하고 생각하는 사람이 있을 것이다. 아내는 내게 지금 다른 남자와 사는 것 같다는 말을 자주 한다. 잘못 하는 한 가지를 끊으니 잘하는 일만 10가지 모두를 하는, 새 남자가 된 것으로 인식하는 것 같다. 그것을 재혼했다고 표현한다.

술을 마실 때 아내는 잔소리가 심했다. 20년을 넘게 살았으면 술 마시는 것에 대해 포기할 때도 되었건만, 다른 것은 몰라도 이것만은 절대 포기하지 않았다. 신혼 때 들었던 잔소리를 25년 동안 들었으며, 아내는 포기하기는커녕 잔소리의 강도를 날이 갈수록 더욱 더 높였다. 잔소리 듣기가 짜증이 나서, 먼저 이혼하자는 말을 할 때도 있었다.

"난 당신 잔소리 듣기 싫어. 이제까지 들었던 잔소리도 지긋지긋한데, 죽을 때까지 그 잔소리 듣고 살고 싶지 않아. 우리 이혼해. 난 절대 술 못 끊어."

방귀 뀐 놈이 성낸다는 옛말이 하나도 틀리지 않았다. 그럴 때마다 아내는 잔소리를 더 심하게 했고 술 때문에 우리 부부는 격렬하게 싸웠다. 아내는

"난 절대 당신하고 이혼 못 해. 당신은 술만 아니면 정말 좋은 사람인 줄 알아. 내가 당신 술 끊게 하고 말 거야. 아이들도 있는데 이혼이란 말은 입 밖에도 내지 마."

이런 말을 할 때마다 정말 아내가 싫었고 산속에 들어가서 술을 실컷 마시며 혼자 살았으면 좋겠다는 생각을 하곤 했다. 절대 술을 끊을 수 없을 것 같았다. 몸은 망가졌다. 혈압이 220까지 올랐으며 배는 올챙이배처럼 볼록해졌고, 얼굴은 주독이 올라 항상 벌겋게 되어 있었다.

그러다 술을 끊었다. 술을 끊은 이유는 여러 가지가 있었으나, 망가진 몸보다 가족들을 돌아보게 된 것이 가장 큰 이유다. 노모의 안타까운 눈망울이나 아이들과 아내의 마음을 헤아리게 된 것이다.

술을 끊으려고 했지만 40년 동안 마신 술을 하루아침에 끊을 수는 없었다. 무엇보다 술을 마시지 않으면 잠을 잘 수 없었다. 잠들려고 아무리 뒤척여도 잠이 오지 않아 결국 술을 찾았다. 알코올 중독이었다. 그 말을 듣기 전에는 내가 알코올 중독에 빠졌다는 것을 절대 인정하지 않았다. 알코올 중독자는 낮이나 밤이나 시도 때도 없이 술을 달고 사는 사람이라 생각했다. 그런데 나는 최소한 낮술은 거의 마시지 않았고 일을 끝낸 후 저녁에 술을 마셨기에. 누군가의 조언으로 병원을 찾아갔다. 의사가 나에게 알코올중독이라는 처방을 내렸

다. 그리고 알코올 중독은 병이며 치료를 해야 한다고 말했다. 병은 고치면 된다고 했고, 약을 처방해주었다.

"약으로 모든 것이 해결되지 않습니다. 약보다 더 중요한 것은 자신이 술을 끊겠다는 의지입니다."

의사가 처방해준 약을 먹으니 잠을 잘 수 있었다. 낮에는 막노동하여 몸이 지칠 대로 지치게 만들었고 밤에는 의사가 준 약을 먹었다. 피곤한 몸에 약까지 먹으니 그렇게 잘 수 없던 잠을 잘 수 있었다. 하루도 소주를 마시지 않은 날이 없었는데, 소주를 마시지 않아도 잠을 잘 수 있게 되었고 며칠이 지나자 술을 끊을 수 있다는 자신감이 생겼다.

문제는 그동안 축적된 인간관계였다. 술을 좋아했기에 만나는 사람들은 대부분 술친구였다. 저녁 5시만 넘으면 술을 먹자는 전화가 왔다. 처음엔 술 거절하는 것이 엄청 힘들었다. 하지만 과감하게 전화 오는 지인들에게 술 끊었다는 이야기를 하며 술좌석에 나가지 않았다. 그중에는 술은 안 마셔도 되니 그냥 모임에 참석만 하라는 전화도 있었지만, 술좌석에 가서 술을 마시지 않을 자신까지는 없었다.

그래서 그런 제의를 거절하기 시작했다. 지인들은 며칠이나 가나 두고 보자는 말을 아주 쉽게 내뱉었다. 그도 그럴 것이 이전에 술 끊는다고 큰소리를 친 후 다시 술을 마신 일이 한두 번이 아니었기 때문이다. 하지만 이번에는 달랐다. 한 달 넘게 술 마시자는 요구를 거절하자 그런 전화가 줄어들기 시작했다. 3개월 정도 지나자 아예 그런 전화가 걸려오지 않았다.

술은 마시지 않아 좋았지만, 친구들이 끊겨 외로움을 느꼈고 술을 마시던 저녁 시간에 할 일이 없어 심심했다. 처음에는 어찌할 줄 몰라 안절부절못했지만, 글을 쓰기 시작했다. 글쓰기는 어릴 때부터 술만큼이나 좋아했다. 하지만 술을 마신다고 글을 쓸 시간을 만들지 못했다. 그러다 술을 끊으니 비로소 내가 좋아했던 글쓰기를 다시 시작할 수 있게 된 것이다. 술 마시던 시간을 카페에서 책을 읽고 글 쓰는 시간으로 바꾸었다.

글을 쓰자 술 마시던 과거의 내 모습이 적나라하게 보이기 시작했다. 왜 그렇게 아내가 반대했으며, 아들이 이혼하라고까지 했는지, 아버지가 나는 죽는 것이 더 낫다는 말을 했는지. 그 추한 모습이 비로소 보이기 시작한 것이다.

술을 끊은 지 3년. 아내가 말했다.

"나는 세상에 못 할 것이 없어요. 당신 술도 끊게 만들었는데 내가 뭘 못 하겠어요."

왜, 진작 술을 끊지 않았을까. 이렇게 새 세상이 펼쳐지는데. 술 마시느라 보낸 세월에 아쉬움이 많지만, 무엇보다 가슴 치게 하는 아쉬운 일은 아들과 함께 많은 시간을 보내지 못한 것이다. 이제 다 커버린 아들. 더는 어린 시절이 없는 아들, 아들과 함께할 시간을 술로 보낸 못난 아빠.

늦었지만, 아직 완전히 늦은 것은 아니라는 생각을 하며 아들에게 무한한 사랑을 주려고 노력한다. 나처럼 술에 찌들어 세월을 보내는 아빠가 있다면, 하루라도 빨리 술과 이별하고 사랑하는 사람을 돌아보기를 간절히 바란다.

탈주기 14 ————————————————

과도한 음주, 그 안타까운 일

그와 내가 인연이 된 것은 8년 전 인테리어를 할 때였다. 그 당시 알코올 중독에 빠져 매일 술을 마셨고, 나이 차이가 크게 나지만 둘은 어울려 함께 술을 마셨다. 그런데 어제 그 친구에게서 전화가 왔다.

"형님, 얼굴 잊어버리겠네요. 술 한잔합시다."

"나 술 끊었는데, 그래도 오랜만에 얼굴이라도 한번 보자."

하고 그를 만나러 나갔다. 내가 술을 안 마시는 것을 알고 있기에 그는 나에게 술을 권하지 않았다. 살아가는 힘든 이야기를 나에게 털어놓았다. 지금 막 노동을 하는 현장에서 다른 사람들이 그를 괴롭힌다는 것이다. 덩치는 컸지만, 마음은 무척 여렸기에, 그를 보니 예전에 내 모습을 보는 것 같아 아주 안타까웠다.

"너를 힘들게 하는 그 사람들은 너와는 별 상관이 없는 사람들이야. 그 사람들이 너의 인생을 책임지는 것도 아니다. 예전에 내가 회사를 그만둘 때, 나의 상사였던 부장의 멱살을 쥐고 싸웠다. 회사를 그만두고 나서 난 많은 고생을 하였다. 너도 내 고생한 것 눈으로 보지 않았느냐. 그때 참지 못한 것이 많이 후회되더라. 돌이켜 생각해보니 그 당시 나의 상황은 긍정적인 측면도 많았는데도 불구하고 부정적인 측면만 생각하고 술을 마셨기에, 회사를 그만두게 된 것이다. 그때는 회사를 그만둘 정도의 일이 아니었지만, 이 일이 아니면 내가 못 살겠나 하는 잘못된 판단을 한 것이다. 그 때문에 나만 힘들어진 것이 아니라 가족 모두가 힘들어졌다. 너도 한번 생각해봐라. 몇 년 후에 오늘을 생각한다면, 네가 지금 이렇게 힘들어하는 일이 아마 생각도 나지 않은 일일 뿐일 거다."

"형님 말이 맞아요. 저한테 이런 말을 해주는 사람은 형님밖에 없네요."

"사람들에게 스트레스를 받지 않고 살고 싶으면, 너의 일을 해라. 한 1년만 술을 끊고 종잣돈을 모은다면 2천만 원은 모을 수 있을 것이다. 그 돈으로 작은 식당을 하든지 한다면 발전할 수 있다. 아니면 기술을 배워라. 그 기술을 바탕으로 일을 한다면, 오늘처럼 이런 부당한 대우를 받지 않으며 살 수 있다. 지금

하는 막노동에서 탈피할 방법을 먼저 생각해라."

그러자 술이 약간 된 후배는 자신의 처지에 대하여 한탄하며 말을 이어갔다.

"형님, 제 인생은 왜 이렇게 불행하지요? 어릴 때부터 제대로 된 교육도 받지 못했고, 15살 때부터 막노동을 시작하여 지금까지 혼자 살고 있으니, 제가 많이 불행한 것 같아요."

그는 올해 서른아홉의 남자다. 어릴 때부터 막노동하였기에, 막노동에는 이골이 난 사람이다. 몸무게도 100kg이 넘는 건장한 청년이며, 아직 결혼하지 않고 혼자 산다.

"넌 가진 것이 많은 사람이다. 아직 젊고 돈도 그 정도면 적게 버는 것이 아니다. 몸도 건강하기 때문에 무엇이든 할 수가 있고, 그리고 성실하고 착하다. 문제는 술을 마시는 것이다. 매일 술을 마시니 돈은 돈대로 쓰고 정신은 정신대로 병들어 가는 것이다. 나도 예전에는 너보다 많으면 많았지 적게 술을 마시지 않았다. 하지만 술을 끊으니 다른 세상이 보였다."

그렇게 이야기하는 동안 소주가 세 병을 넘어갔다.

"형님이야 많이 배웠으니 술도 끊고 새 생활을 시작할 수 있지만, 저는 배운 것이 없어 형님처럼 그렇게 하지 못해요."

"무슨 소리야 술을 끊는 것은 가방끈이 길고 짧고의 문제가 아니다. 너도 충분히 끊을 수 있다. 내가 술을 끊을 때는 병원에 다녔다. 의사의 처방을 받고 약을 먹으니 그냥 끊겠다고 결심했을 때보다 쉽게 술을 끊을 수 있었다. 너도 내일 나와 같이 내가 다닌 병원에 가자. 의사에게 처방을 받고 술을 끊도록 해봐."

"형님, 제가 술을 마시는 것은 외롭기 때문입니다. 형수님에게 이야기해서 여자 한 명 소개해주시면 안 돼요?"

"우리 집사람은 술이라면 진절머리를 치는 사람이다. 그런데 너처럼 술을 마시는 사람에게 소개를 해주겠나? 소개해줄 수는 있지만, 그 전에 네가 먼저 술을 끊어라. 그리고 외롭다고 술을 마신다고 했는데, 세상에 외롭지 않은 사람은 없다. 나도 예전에 술을 마실 때 외로워서 술을 마신다고 생각했는데, 그것이 아니었다. 술을 마시기 때문에 외롭게 되는 것이다."

저녁을 먹으면서 후배는 소주 세 병을 마시고 2차를 가자고 해서 근처의 호프집으로 갔다. 그곳에서도 소주를 2병을 마셨다. 후배는 많이 취했고 더 마시면 내가 감당이 안 될 것 같아

"그만 마시고 가자. 너 많이 취했다."

몸을 비틀거리면서도 후배는 한잔을 더 하러 가자고 했다. 하지만 난 단호하게 그것을 거절했다. 후배와 헤어지고 돌아오는데, 옛날의 내 모습이 저랬다고 생각하니 안타까움이 밀려왔다. 술만 마시지 않으면 후배는 결혼도 하고 다른 사람들처럼 행복하게 살 수 있을 거라는 생각에 아주 안타까웠다. 술을 마시는 문제는 비단 후배만의 문제가 아닐 것이다. 많은 사람이 자신의 삶에서 불행한 이유를 찾아 술로 달래는 현실이다. 술을 마시면 취하는 기분. 일시나마 고민에서 벗어나게 해줄 수는 있더라도 근본적으로 몸과 정신을 더욱 병들게 할 뿐이다. 물론 특별한 일이 있을 때나, 절제된 음주까지 문제 삼고 싶은 생각은 없다. 술이라는 것은 조절만 잘하면 삶의 윤활유가 될 수 있는 것은 당연하다. 문제는 과도한 음주가 문제이다.

내가 무슨 말을 하더라도 내 말을 듣고 후배는 당장 술을 끊지는 않을 것이다. 하지만 내 말이 씨가 되어 언젠간 스스로 술을 끊어야겠다고 느끼는 날이 있을 것이다. 술을 끊을 생각을 하더라도 습관이 된 술을 금주하기는 쉽지가 않다. 의지와 의사의 도움을 받는다면 비교적 쉽게 술의 감옥에서 탈출할 수 있을 것이다. 그런 날이 빨리 오게 되기를 기대한다. 행복하기에도 짧은 인생인데, 술에 취해 귀한 시간을 무의미하게 흘려보내는 것은 진정 안타까운 일이 아닐 수 없다.

제4장

힘들 때마다 버팀목이 되어준
내 가족 이야기

엄마가 내 꺼라서

엄마의 성함은 임두남. 아버지와 중매로 결혼했고 슬하에 3형제를 두었다. 69세에 남편인 아버지와 사별하고 지금 87세로 막내인 우리 부부와 함께 울산 복산동에 살고 있다.

"엄마가 내꺼라 얼마나 좋은지 모르겠다."

아내의 말이다. 그 말에 전적으로 동감한다. 다른 아들과 함께 살지 않고 우리 부부 차지가 되었고 함께 살고 있으니 너무 좋다는 말이다. 부모 모시기 싫어하는 요즘의 세태에 시어머니를 모시고 사는 아내에게 정말 감사하다.

엄마와 아내는 가끔 옥신각신한다. 그 모습이 정겹다. 엄마가 아내에게 하는 잔소리는 정해져 있다. 아내가 엄마 옷을 빨거나 설거지를 할 때면 물을 왜 그리 많이 쓰느냐고 잔소리, 아내가 지저분한 엄마의 소지품을 버리거나 하면 바로 잔소리 폭탄이다. 그럴 때마다 아내는 웃음으로 그 폭탄을 피해간다. 아내도 엄마가 하는 잔소리 폭탄만큼 만만치 않다. 왜 안 씻느냐, 옷 좀 깨끗하게 입고 다녀라 며느리 욕 먹일 일이 있냐는 등 옥신각신하면서도 둘 다 나에게 개인적으로 하는 말은 너무 정겹다.

"성원이 엄마, 그런 사람 없다. 네가 잘해라."

엄마의 말이다.

엄마는 대단하다. 젊었을 때는 우가포에서 이름을 날린 해녀였다. 어릴 적 엄마가 해녀일 때의 기억이 아직도 남아있다. 여섯 살까지 우가포에 살았으니 그 기억은 여섯 살 이전의 기억이다. 언제 기회가 되면 유년의 우가포 기억에 대해 글을 써볼 생각이다. 울산으로 이사 와서 아버지 벌이가 시원치 않아 엄마는 팔을 걷어붙이고 행상에 나섰다. 내가 초등학교 들어가던 해이다. 그때부터 지금까지 엄마는 여러 가지 종류의 장사를 하셨는데, 지금은 콩나물 장사를 하신다.

"엄마, 춥다. 바람도 많이 분다. 옷 두껍게 입고 나온나."

오늘 새벽 5시, 엄마의 콩나물시루를 들고나오면서 한 말이다.

"아직 얼음도 안 얼었는데 춥기는 뭐가 그리 춥나."

한방 얻어맞은 느낌. 엄마는 강한 여자였다. 그리고 성실하고 절약이 몸에 밴 여자였다. 하지만 엄마도 여자였다. 아버지가 돌아가셨을 때 그리 슬프게 우셨다. 또한, 아내가 나 때문에, 둘째 때문에 울고 있을 때 아내를 위로해주신 가슴 따뜻한 여자이기도 했다. 지금 엄마는 대상포진에 걸려 있다. 통증이 몹시 심해 병원에서 입원하라고 했는데도 입원하지 않고 새벽마다 콩나물을 팔러 가신다. 다 낫거든 하라고 그렇게 말씀을 드려도 듣지 않으신다. 그 고집을 누가 꺾으랴. 교통사고가 났을 때도 그렇게 거뜬하게 일어나셨는데.

10년도 더 된 어느 날, 엄마는 치매 진단을 받았다. 병원 의사가 CT 촬영한 사진을 보여주며 급성 치매가 왔다는 설명을 해주었다. 그런데 엄마는 치매 판정에도 불구하고 지금은 정신이 말짱하시다. 그 원인은 알 수 없지만, 치매판정을 받을 당시만 하더라도 언어의 장애가 와서 말의 앞뒤가 맞지 않았는데, 10년이 지난 오늘에는 셈뿐만 아니라 언어 구사에도 거의 무리가 없다. 단지 이름을 이야기하는 것에 헷갈리시는 정도. 개인적인 생각으로는 콩나물을 놓기 위해서는 벌레 먹은 콩을 갈려내어야 하는데, 콩을 갈리며 손가락을 많이 사용하여 치매가 악화하지 않고 호전된 것이 아닐까 하고 추측한다.

교통사고도, 치매도 거뜬히 이겨내신 강인한 정신력의 소유자인 엄마는 대상포진 정도는 병으로도 치지 않으시는 거다. 그 통증이 엄청나다고 들었는데.

아내의 말처럼

"엄마가 내꺼."

여서 너무 좋다. 그런 엄마와 오랫동안 같이 살았으면 좋겠다.

그때는 엄마 없으면 죽는 줄 알았다

노모께서 내게 한 말이다. 어머니에게도 어린 시절이 있었다. 당연한 걸 왜 그 소리가 낯설게 들렸던 걸까? 나도 그럴 때가 있었다. 어릴 때 '엄마 없으면 어떻게 살까?'를 걱정했던 때가.

어머니에게 옛날이야기를 해달라고 했다. 이제껏 어머니의 어린 시절을 알지 못했다. 그도 그럴 수밖에 없는 것이 어머니는 언제나 시집와서 고생한 이야기만 푸념처럼 되새김질하며 말씀하셨으니.

"엄마는 물질 언제부터 했는데?"

"일곱, 여덟 살 때쯤."

"와! 그렇게 어릴 때부터?"

"바닷가 가서 김이며, 파래며 뜯었다. 복상에 파래가 아주 많았다. 그때는 먹을 게 없으니 나 말고도 애들이 다 그랬다. 내가 태어난 곳은 경주 내남이다. 제전으로 온 것은 다섯 살 때였다. 흉년이 들어 3년 동안 낫으로 벨 벼가 없었다고 하더라. 그런데 누가 너 외할아버지에게 그러더란다. 바닷가 가면 고기라도 잡아먹지. 라고 그 소리를 듣고 너 외할아버지가 가족을 모두 데리고 제전으로 왔다. 그런데 너 외할아버지가 언제 고기를 잡아봤나? 그러니 제전 와서도 배가 고플 수밖에 없었지."

아! 나는 어머니의 고향이 원래 제전인 줄 알았는데, 경주 내남이었다니, 처음 아는 사실이다. 어머니는 한번 이야기보따리가 터지니 어릴 때 이야기가 술술 나왔다. 어머니의 연세는 여든 일곱이다. 그런데도 어제 일을 이야기하듯 하신다.

"내가 열세 살 되던 해에 그때는 일본강점기였는데, 미군 비행기가 날아와서 폭격하곤 했다. 우린 무서워서 벌벌 떨었다. 밤이 되면 나보다 세 살 위인 언니와 다섯 살 위인 언니는 산으로 사람들을 따라서 숨으러 갔다가 아침이 되면 내려오곤 했다. 그런데 울 엄마는 죽으면 죽었지 집을 떠나지 않았다. 엄마가 가지 않으니 나도 언니들을 따라가지 않고 엄마 옆에 꼭 붙어서 자곤 했다. 그 때는 엄마 없으면 죽는 줄 알았다."

그 말을 듣고 문득 '아! 엄마에게도 어린 시절이 있었구나!' 하는 생각이 스쳤다. 얼굴에 주름투성이의 팔순 넘으신 노모의 어린 시절을 들으니 세월이 참 무심하다는 생각이 들었다. 막내인 내 나이가 벌써 쉰이 넘었고, 내 아들이 벌써 스물일곱이 되었으니. 그러고 보니 어머니와 내 아들 성원이 나이가 꼭 50년 차이가 난다는 것을 깨달았다.

"미군들은 마을은 폭격하지 않았다. 그때 제전 앞바다에는 아주 큰 일본 군함이 있었는데, 그 군함을 폭격하여 침몰시켰다. 아마도 그때 타고 있었던 일본놈들은 다 죽었을 거라."

"그곳에 우리나라 사람도 타고 안 있었겠냐?"

"아마도 그랬을 수도 있었겠지. 그건 모르겠고, 하여튼 그때가 7월인가 그랬는데, 얼마 있으니 해방이 되더라. 그때 사람들은 좋아서 온통 난리가 났었다."

늙은 어머니와 늙어가는 아들이 시간 가는 줄 모르고 이야기를 나누는데, 겨울밤은 깊어만 간다. 이야기를 마치자 주름투성이 얼굴로 나를 향해 씽긋 웃어 준다. 그 모습은 어쩌면 언제까지나 잊지 못할 것이다. 또한, 구부러진 허리로 절룩거리며 걷는 걸음걸이나 그 모든 것이 그리워 엉엉 울어버릴지도 모른다. 그럴 때가 되면 어떻게 하나. 내 나이 오십이 넘었지만, 아직 어머니가 돌아가신 것도 아닌데도 벌써 걱정이 된다.

'엄마 없으면 어떻게 살까?'

큰어머니의 죽음

금요일 저녁, 큰어머님이 돌아가셨다. 올해 90세. 갑작스러운 부고를 받고 어머니를 모시고 작은형님 부부와 함께 장례식장으로 갔다. 큰형님도 통영에서 연락을 받고 형수와 함께 왔다. 모처럼 우리 삼 형제 부부와 어머니가 함께했다.

어머니는 큰어머니에 대해 맺힌 한이 많으셨다. 우가포로 갓 시집을 왔을 때, 그렇게 모진 시집살이를 했다고 한다. 차라리 시어머니는 정겹게 대해주셨다는데, 시아주버님과 큰어머님은 일만 부려먹기만 하고 먹는 것에서부터 모든 것에 차별했다고 한다. 그때 아버님은 큰형을 낳은 후 5년 동안 군대 생활을 했고, 제대 후에도 우가포로 오지 않고 대구에 머물면서 돈을 벌었다고 한다.

어머니는 항상 그때의 고생했던 일을 지금도 푸념으로 늘어놓곤 하신다. 나에게도 그런 기억이 남아있다. 큰집에서 분가하여 길 하나 건너에 우리 집을

짓고 살 때였다. 그 날이 동지였는데, 작은형이 집에 와서 어머니에게

"우리는 팥죽 안 먹나?"

"와? 누가 팥죽 먹더냐?"

"큰집에서 팥죽 먹던데."

"한 그릇 달라고 하지 와."

"몰라, 난 안 주고 자기들만 먹더라."

그때 어머니는 나와 작은형을 껴안고 대성통곡을 하셨다. 그리고 그 다음 날 어머니는 팥죽을 쑤어주셨다. 그것을 먹으며 작은 형은

"엄마, 올해는 동지가 두 번이가?"

지금도 생각이 날 만큼 그 기억은 강하다. 큰집에는 미역 돌이 있었다. 미역 돌을 매는 것(미역 돌에 이물질을 제거하는 것)은 여자가 하기에는 힘든 일이 었다. 어머니는 큰집 미역 돌을 매어주곤 했는데, 큰어머니는 품삯으로 다른 사람들은 좋은 것을 주고 어머니에게는 벌겋게 되어 팔 수 없는 미역을 주곤 했다고 한다. 그 외에도 어머니의 큰어머니에 대해 맺힌 것은 말로 다 할 수 없을 만큼 많다.

또한, 재산도 밭이며, 논이며 집이며 다 자기들이 하고 아버지가 유산으로 받은 것은 하나도 없다. 그렇다고 하더라도 우가포 집의 땅까지 자기 것으로 해버렸다. 그 땅은 아버지가 대구에서 번 돈과 어머니가 힘들게 벌어서 저축한 돈으로 산 땅이었다. 그 당시에는 등기하는 것 등 법적으로 하는 것이 익숙하지 않던 시대였기에 아버지는 그냥 땅 주인에게 돈을 주고 사서 집을 짓기만 했다. 그러고는 그곳에서 살기가 어려워져 울산으로 내가 여섯 살 겨울에 이사를 왔다. 그런데 공무원이었던 사촌 형이 그 사실을 알고 자기 명의로 해버린 것이다. 그것을 바로 잡으라고 부모님은 말을 했지만, 그 사촌 형은 법대로 하

라는 말만 하면서 최근에 그 땅을 많은 돈을 받고 팔아버렸다. 그 땅이 내가 살았던, 내 유년의 기억이 고스란히 남아있는 바닷가 언덕 위의 기와집이 있던 땅이다. 우가포에 가면 주유소가 하나 있는데 그곳이 큰집이었고 맞은 편 횟집이 있는 자리가 우리가 살던 집이 있던 땅이다.

하여튼 큰어머니와 어머니는 참으로 악연으로 엮였다. 일방적인 대우를 받고 살아생전 연을 끊고 살았다. 그런데 장례식장에 들어섰을 때, 어머니는 그렇게 슬피 우셨다. 통곡하시는 것이었다. 참으로 의외였다. 어머니가 너무 심하게 통곡을 하셨기에 걱정이 되어 어머님을 빈소에서 밖으로 데려 나왔다. 그 정도로 심하게 울었다. 하지만 그 눈물의 의미는 알 수가 없었다.

어머니와 그런 악연이었던 큰어머니가 돌아가셨다. 공무원이었던 사촌 형은 어머니에게 죄송하다는 말을 했다. 그것이 끝이었다.

모진 인생을 산 큰어머니

그렇게 어머니에게 모질게 했으면 당신이라도 잘살아야 했지 않았을까? 어떻게 생각해보면 큰어머니도 참 불쌍한 인생을 살았던 것 같다. 큰아버지는 고집이 굉장히 센 분이었고 하는 일마다 잘 안 되었다. 그런 큰아버지에게서 받은 스트레스를 자기보다 약한 우리 어머니나 사촌들에게 풀었던 것은 아닐까 하는 생각을 해본다. 큰아버지는 큰어머니의 속을 많이 태우는 일만 골라 하시다 34년 전에 늑막염으로 돌아가셨다. 다른 말로 하면 큰어머니는 남편 없이 34년을 살았다. 남편 없이 사는 삶이 좋을 리만은 없었을 것이다. 큰어머니는 슬하에 아들 넷 딸 하나를 두었고 양녀로 딸 하나를 더 거두어 키웠다.

그런데 큰아버지의 뒤를 이어 셋째 아들이 서른 즈음에 결혼도 하지 못한 채 당뇨로 목숨을 잃었다. 나훈아를 무척이나 좋아했던 형, 그 형에게서 나훈아 노래를 처음 배웠다. 다른 사촌 형보다 내가 무척 많이 따랐던 형이라 나도 아주 슬펐다. 불행은 여기서 끝나지 않았다. 큰아들도 당뇨로 유명을 달리하였다. 자식은 가슴에 묻는다고 하였는데, 아무리 모진 큰어머니라 해도 연이은 자식들의 죽음 앞에서는 가슴이 무너졌을 것이다. 큰아버지에 이어 셋째 아들, 큰아들마저 앞세운 큰어머니.

양녀로 데리고 온 딸. 그 딸은 나보다 두 살이 어렸는데, 학교도 보내지 않았고 일만 죽으라고 시켰다. 동네 사람들이 그 동생을 모두 불쌍하게 여길 만큼. 어느 날 그 동생도 집을 떠나버렸고 큰어머니가 돌아가신 날에도 모습이 보이질 않았다. 그리고 우가포 우리 땅을 자신의 명의로 돌려버린 사촌 형, 그 형은 반신불수가 되어 휠체어를 타고 빈소에 앉아 있었고, 막내인 사촌 형은 자신의 어머니가 돌아가셨는데도, 형수와 아이들만 보내고 정작 상주가 되어 있어야 할 자신은 오질 않았다.

큰어머니는 이리저리 떠돌다 돌아가시기 얼마 전에는 대구에 사는 누나가 보살펴주었는데 결국은 고향인 우가포로 가보지도 못하고 요양원에서 숨을 거두었다. 출상하는 날 장례 버스는 고향인 우가포를 둘러 화장장으로 갔고, 결국 한 줌 먼지로 날려갔다.

왜 그런 힘든 삶을 사셨는지. 어머니에게 그렇게 모질게 한 큰어머니가 참 불쌍하다는 생각이 든다. 어머니의 통곡이 조금은 이해가 갈 듯도 하다.

검은 눈물을 흘리신 아버지

아버지가 돌아가신 지 몇 년이 지난 후, 꿈에서 아버지를 보았다. 술을 좋아하던 나는 거의 매일 술을 마셨고, 그 당시 사업이 제대로 되지 않아 폭음하며 세월을 보낼 때였다. 꿈속에 나타난 아버지는 검은 피 같은 눈물을 흘리고 계셨다. 다른 아무 말씀도 하지 않으시고 그저 나를 보기만 하셨다. 돌아가신 후 처음으로 꿈속에 나타나 검은 피 같은 눈물을 흘리는 아버지의 모습을 보자 놀람보다는 마음에 찔리는 것이 있었다.

아버지는 갑자기 돌아가셨다. 집 뒤에는 방송국이 있는 작은 동산이 있는데 그곳에 가서서 매일 체조를 하고 달리기를 하셨다. 운동하시다가 힘이 들면 잠시 쉬는 바위가 있었는데, 우리 아들과 아내는 그 바위를 할아버지 바위라고 불렀다. 지금도 그 바위가 있다.

아버지의 나이가 지금 내 나이인, 50대 중반 정도 되었을 때, 혈압으로 쓰러지셨다. 우리 가족과 숙모가 목을 주무르고 해서 의식을 회복하시고는 그다음부터 운동을 거르지 않고 매일 하셨다. 하지만 술과 담배는 끊지 않아서 몇 년이 지나 또 혈압으로 쓰러지셨다. 하지만 그때까지만 해도 금방 회복을 하셨다. 환갑이 지나 65세쯤 되었을 때, 이제는 중풍이 왔다. 병원에서 치료하여 회복되었다. 하지만 술과 담배를 계속하시자 또 한 번의 중풍이 찾아왔다. 처음에는 병원에 누워서 아예 일어서지도 못하셨는데, 치료를 받으니 회복이 되었다. 의사가 술과 담배는 절대 안 된다고 경고를 했지만, 아버지는 퇴원하기 하루 전 면회 온 친구에게서 담배를 한 개비 받아 피우고는 다시 쓰러져 사지가 마비되었다. 얼마간의 치료를 받고 회복은 되었지만, 몸의 절반은 거의 사용을 하지 못 할 지경에 이르렀다. 그다음부터 술과 담배를 일체 입에 대지 않으셨다.

퇴원하신 후 처음에는 걸음조차 제대로 걸을 수 없었지만, 꾸준한 운동으로 절뚝거리며 걸을 수는 있게 되었다. 새벽에 일어나 방송국이 있는 뒷동산에 가는 것이 아버지 하루의 시작이었다. 운동을 마치고 내려오셔서 아침밥을 드시고는 나른해진 몸을 눕혀 잠을 달콤하게 주무시곤 하였다.

돌아가시던 날도 다른 날과 마찬가지로 운동을 마치고 집에 와서 주무셨는데, 그 잠을 영원히 깨지 못하게 된 것이다. 아버지는 73세에 그렇게 돌아가셨다. 갑자기 주무시는 잠에 고통 없이 돌아가셔서 다행이라는 생각도 들었지만, 아직 더 사셔도 되는 나이였기에 아쉬움도 컸다. 아버지의 임종을 지키지 못했으며, 돌아가실 때 유언도 들을 수 없었다. 하지만 아버지와 나와의 마지막 만남에서 나에게

"영아, 술 먹지 마라."

라고 울면서 호소했다. 그것이 나에게 남긴 마지막 말이며, 유언이라고 생각

했다. 하지만 나는 그 이후로도 계속 술을 마셨다. 여전히 사업은 제대로 되지 않았고, 술로써 그 화를 풀곤 했다. 그러다 아버지가 돌아가시고 몇 년이 지난 후의 어느 날, 술에 취해 잠들어 있는데 아버지가 꿈속에 나타난 것이다. 얼굴에서 검은 피 같은 눈물을, 나를 보며 주르르 흘리고 계신 모습으로.

그래도 난 정신을 못 차리고 술을 계속 마셨다. 하지만 아버지의 그 모습은 언제나 가슴에 남아있었다. 술을 마시면서도 언젠가는 아버지의 유언을 따라야 한다는 생각이 무의식에 남아있었다. 아버지가 돌아가신 지 거의 15년이 넘어서야 술을 끊었다. 술로 인한 몸과 마음이 많이 망가진 후에야 아버지의 유언을 지키게 된 것이다. 지금 술을 마시지 않은 것이 3년 정도 되었다. 이제는 술 생각이 나지 않는다. 만약 그때 아버지의 말을 들었더라면, 훨씬 더 좋은 인생을 살 수도 있었을 것이라는 후회가 생긴다. 하지만 지금이라도 술을 끊은 것이 정말 다행이라는 생각을 한다. 아직도 나에게는 많은 날이 남은 까닭이다. 아버지의 얼굴을 꿈속에서 다시 보고 싶다. 활짝 웃는 얼굴을 하며

"우리 영이, 참 잘했다."

꿈속에서라도 이 말을 듣고 싶다.

구멍 난 책상

　고등학교 시절, 큰형이 결혼하고, 작은형이 군대에 가서 나는 내 방을 가질 수 있었다. 그 방에는 음악을 좋아하신 아버지가 사둔 '엠파이어'라는 전축이 있었다. 당시 대학가요제를 좋아했기에 대학가요제가 끝나면 레코드판이 나오기만을 기다려 사서 듣곤 했다. 얼마나 많이 들었던지, 레코드판에 실린 모든 노래를 다 외웠다. 그 시절 내 방에 또 하나 있었던 것이 나무 책상이다. 그런데 그 책상 위에는 커다랗게 구멍이 뚫려 있었다. 그 구멍을 초록색 테이프로 붙였지만 보기에도 좋지 않았고 시간이 지나면 테이프가 일어나 걸리적거려 여간 성가신 것이 아니었다.

　아버지는 아들 3형제를 두었고, 그중에 내가 막내다. 큰형과 나는 10살 차이가 난다. 큰형은 어릴 때부터 공부를 잘했다. 우가포에 살던 시절 울산에서 수재만 들어간다는, 현재로 치면 영재 중학교 정도 등급이 되는 제일 중학교에 합격할 정도로 공부를 잘했다. 고등학교도 울산에서 제일 공부 잘하는 학생들이 간다는 학성고등학교를 나왔다. 첫아들이고 공부를 잘했기에 아버지는 큰형에 대해 기대를 많이 하신 것 같다. 큰 형은 아버지의 기대를 저버리지 않고 그 당시 어렵다는 공군 사관학교에 필기시험에 붙었다. 다 된 거로 생각했던 아버지는 친구들에게 거나하게 한잔 사기도 했다. 그런데 신체검사에서 불합격이 되어버렸다. 아마도 큰형과 아버님은 실망을 많이 했으리라.

재수를 결심한 큰형은 대구에 가서 학원에 다니며 공부를 했다. 당시 삼촌이 대구에 살았기 때문에 그곳에서 숙식을 해결한 것이다. 당시 숙모님은 형님 재수 뒷바라지를 한다고 애를 많이 쓰셨다. 재수해서 경북대학교에 지원했는데, 그 당시 경쟁률이 48대 1인가 해서 전국 최고였다고 한다. 또다시 고배를 마셨다. 삼수까지는 우리 집에서 감당할 형편이 되지 않았는지, 큰형은 꿈을 접고 후기였던 울산 공대에 입학했다.

그 당시 양남 이모부가 원양어선을 타고 돈을 벌어 귀국했다. 그 돈으로 사촌 형님과 큰형 세 명이 장사를 했다. '똘똘이 장난감'이라고 지금 생각하면 레고와 비슷한 것이었다. 부모님은 장사를 반대했지만 결국 일은 진행되었다. 하지만 세 명 모두 의욕만 앞섰지 경험이 없는 장사가 잘 될 리 만무했다. 결국, 그 사업은 망해버렸다. 그즈음 술에 만취한 이모부가 아버지를 찾아온 것을 기억한다. 사촌 형과 큰형은 투자한 돈이 없었지만, 이모부는 원양어선을 타고 먼 이국까지 가서 고생한 돈을 다 날려버린 것이다. 아버지는 화가 머리끝까지 나서 망치를 들고 와서는 그 당시 큰형이 사용하던 나무책상을

"이 녀석 공부시키면 뭐해! 다 그만두라 그래."

라고 말씀하시며

"꽝!"

하고 내리치셨다. 그래서 책상 위에 구멍이 하나 크게 뚫린 것이다. 그 구멍은 책상 위에만 난 것이 아니라 아버지의 가슴에도 난 구멍이었다. 그 구멍을 볼 때마다 아버지의 가슴에 난 큰 구멍을 보는 듯했다. 아버지로서 자식에 걸었던 기대가 무너져 버린 아픔의 상징처럼. 큰형뿐만 아니라 나도 아버지의 가슴에 그런 구멍을 많이 내어 드렸다. 아버지의 가슴에 구멍을 내는 것이 곧 내 가슴에 구멍을 뚫는 일이라는 것을 그때는 몰랐다. 찬바람이 부는 오늘, 내 가슴에 뚫린 구멍 속으로 아버지에 대해 죄스러움과 그리움이 찬바람으로 훅하고 들어온다.

우리 열이는 7살 때부터 밥을 했다

"우리 열이는 7살 때부터 밥을 했다."

열이는 작은형의 어릴 때 애칭이며, 아직까지 어머니께서는 작은형을 열이라 부른다. 작은형이 7살이면 내 나이가 4살이며, 그때는 바닷가 마을 우가포에 살았을 때다. 작은형은 학교에 일 년 일찍 들어갔기에 7살이면 초등학교 일학년 때였다. 아버지는 대구에서 돈을 벌고 계셨고, 큰형은 중학생이 되어 울산에서 자취했을 때였다. 어머니는 해녀로 물질을 하러 나가거나, 큰집 미역일을 해주러 가거나, 동네 궂은일을 하며 품을 팔 때였다. 아침에 나가면 저녁에나 들어오는 일이 잦았기에, 점심은 작은 형과 내가 해결해야 했으리라. 밥을 차리기엔 난 너무 어렸고, 작은형이 밥을 차려 나를 먹였을 것이다. 실제로 작은형이 밥을 했는지는 모르겠지만 어머니는 항상 이 말을 잊지 않고 하신다.

우가포 살 때, 작은형을 따라 한겨울에 앉은뱅이 썰매를 타러 다니던 기억이 난다. 우가산 중턱에 가면 논이 얼어 아이들이 썰매 타기 딱 좋은 곳이 여러 군데 있었다. 형들을 따라다니며 썰매를 타는 것은 큰 즐거움이었다. 그러다 내 손가락은 겨우내 동상이 걸리곤 했다. 그러다 방학이 끝나 형이 학교에 가버리고 없으면 나 혼자 놀기 심심해서, 학교까지 따라가곤 했다. 하지만 작은형은 학교 선생님이 엄청 무섭다고 겁을 주어 나를 다시 집으로 돌아가게 했다.

울산으로 이사를 와서도 작은형은 장사하시는 어머니를 대신해서 밥도 하고 설거지도 하고 집 안 청소도 했다. 나는 꾀를 부리고 이리저리 도망 다니면서 형이 일을 끝내는 시간에 맞추어 집으로 가기도 했다. 그렇다고 해서 작은형이 나에게 욕을 하거나 때리거나 한 적이 한 번도 없다. 작은형은 말이 없고 천성 자체가 유순한 사람이었다.

어머니는 장사하는 것에 요령이 생기셨는지 해가 갈수록 농촌 시장을 다니며 점점 많은 물건을 사 오셨다. 그때는 농촌 시장을 돌아다니며 장사를 하는 사람을 위해 트럭에 군용 천막을 치고 운송을 전문적으로 해주는 장차라는 것이 있었다. 어머니는 정자 장, 양남 장 등을 돌아다니며 계절마다 생산되는 농산물을 사 와서 울산 장에 내다 파셨다. 그 장차는 큰 도로까지만 운행이 되었기에 도로에 내린 짐을 손수레에 싣고 우리 집까지 와야 했다. 그 일을 작은형과 내가 도맡아 했다. 난 하기 싫어 요령을 피웠지만, 작은형은 요령을 부리는 것을 한 번도 본 적이 없다. 그러다 보니 작은형은 일가친척에게 효자로 소문이 났다. 어른들은 모두 작은형을

"우리 열이."

라고 부르며 좋아했다. 단지 작은형은 공부하기를 싫어했다. 아들 삼 형제 중 큰형과 나는 대학교에 갔지만, 작은형은 공부하기 싫다며, 고등학교만 졸업했다. 군대를 제대하고 바로 현대자동차에 입사하였다. 주, 야 2교대인 일이 힘

들어 작은형도 그만두고 싶어 했지만, 부모님이 반대하셨기 때문에 그 힘듦을 참아내고 지금까지 현대자동차에 다니고 있다. 작은형이 입사하던 시기는 현대자동차가 생긴 지 얼마 되지 않을 때였다. 그리고 그렇게 좋은 회사라는 인식이 없을 때였다. 하지만 지금 작은형의 연봉은 1억이 넘는다. 부모님 말씀에 순종한 복을 받는 것이란 생각을 해본다.

작은형은 지금의 형수와 20대 중반에 결혼하여 아들 하나, 딸 하나를 낳았다. 딸은 시집을 가서 외손녀를 낳았고, 아들은 취업에 성공하여 자신의 아버지를 닮아 아주 성실하게 살아가고 있다.

요즈음, 새벽 5시면 작은형이 온다. 현대자동차는 주, 야간 조로 나뉘어 일주일씩 번갈아 가면서 일을 하는데, 주간 조면 언제나 이 시간 즈음에 어머니를 찾아온다. 오늘 아침에도 싱크대 딸린 방에 앉아 있는데 작은형이 쓱 문을 열고 들어왔다. 그러고는 아무 말 없이 앉아 있다. 어머니께서는

"왔나, 된장 국물 좀 먹어라."

하시며 노란 냄비에 된장 국물을 따라 주신다. 그것을 받아 역시 아무 말 없이 마신다. 그러고는 일어서서

"갑니다."

하고 문을 쓱 열고 나간다. 전형적인 경상도 머스마다. 어머니와 형이 나누는 대화는 꼭 이 한마디다. 그런데 행간에는 수없이 많은 말들이 깃들어있다.

작은형은 내가 무척 존경하는 형이다. 대학교도 나오지 않았고 책도 많이 읽은 것도 아니고 말도 많이 하지 않는다. 하지만 형에게는 굵은 칡뿌리 같은 정이 있다. 그 뿌리는 내 가슴에 내려져 있다. 그 뿌리는 어머니의 마음에도 내려져 있다. 한 마디로 효자다. 난 어머니를 모시고 살지만, 형을 따라가려면 많이 멀었다.

아버지가 살아 계실 때는 아버지의 스킨, 로션까지 챙겼다. 그리고 결혼하고 나서도 부모님이 사는 집에서 500m 이상 떨어져 산 적이 없다. 항상 집 근처에 살림하며 부모님을 챙겼다. 결혼하자마자 분가하여 내가 살고 싶은 곳에 산 나와는 딴판이다. 그리고 아직 어머니의 병원은 꼭 형이 챙겨서 간다. 물론 병원비를 지급하는 것도 형이다.

10년 전쯤, 내가 옥동에 집을 산 적이 있었다. 그때 형은 나에게 조건 없이 3천만 원이라는 거금을 빌려주었다. 그러고는 한 번도 생색을 내지 않았다. 부모에게 그렇게 잘하고 나에게도 그렇게 잘하기는 쉽지 않다. 그래서 난 작은형을 무척 존경한다. 아내 역시 내가 존경하는 것보다 더 아주버님을 좋아한다.

너는 내 묻어줄 사람이다

詩 ──────────────

"너는 내 묻어줄 사람이다."

노모의 이 한 마디.
울산 옥동 공원묘지에 아버지가 묻혀있다.
아버지 옆에는 어머니의 가묘가 있다.

죽음을 가까이 느끼며
그곳에 내가 묻어주길 바라시는
아들이 전부인 노모.

얼굴에 가득한 주름.
주름 사이는 어떤 시의 행간보다 절실하다.
행간이 움직여 입을 통해 나오는 시.

진작 들었던

어떤 시어보다 더 애 터지는 말

"너는 내 묻어줄 사람이다."

아내와 다투고 집을 나왔다. 여관에서 하룻밤을 자고 그다음 날 집으로 들어
가니 어머니가 많은 걱정을 하셨다. 화가 났을 때는 왜 어머니 생각이 나지 않
고 내 기분에만 집착하게 되는지 알 수가 없다. 어머니가 한마디 했다.

"너는 내 묻어줄 사람이다."

어머니는 다른 말씀은 안 하시고 딱 이 말 한마디만 하셨다. 이 말을 들으니
참 죄송하다는 생각이 들어 멍했다. 어머니는 자기 죽음까지 나에게 의탁하실
정도로 나를 믿고 계시는데, 난 아내와 싸우고 그것을 못 참아 외박까지 했으
니 얼마나 못난 아들인가. 어머니는 나에게 무한정의 사랑을 베푸셨는데, 난
그것을 일면시도 내 기분에 따라 행동했으니 얼마나 못난 자식인가.

어머니가 감기가 심하게 걸렸다. 그리고 지난 목요일과 금요일에는 한파가
온다는 예보가 있었다. 어머니가 많이 걱정되었다. 그래서 수요일 울산 태화장
이 열릴 때 덜 자란 콩나물이었지만 가서 다 팔게 했다. 그리고 목요일과 금요
일 한파가 극심한 날은 장사를 못 나가게 했다. 어제는 기온이 영하 10도까지
떨어졌다. 미리 콩나물을 팔게 하고 추운 날 장사를 안 나가게 한 것이 참 잘했
다는 생각이 든다.

어머니에게 병원을 가자고 해도 가지 않으신다. 움직일 힘조차 없으니 귀찮
으신 거다. 그래도 오늘 아침 콩나물은 팔러 가셨다. 어머니에게는 그것이 유
일한 낙인 것 같다. 차에 콩나물과 어머니를 싣고 가는데, 어머니는

"네가 차로 옮겨주니 참 좋다."

라는 말씀을 하신다. 전적으로 날 의지하는 어머니에게 다시는 그런 걱정을
끼치지 말아야겠다는 생각을 한다.

네가 얼마나 고맙겠냐?

아주 어릴 적 유년의 시절, 어머니께서 날 업어주던 기억이 난다. 손깍지를 끼고 엉덩이를 받쳐주던 그 촉감, 어머니의 등은 세상에서 제일 편안한 자리였다. 어머니가 업어주시면 스르르 잠들곤 했다. 내 몸이 점점 무거워져 언제부턴가 어머니는 깍지 낀 손대신 어머니의 왼쪽 팔은 내 왼쪽 다리, 오른쪽 팔은 내 오른 다리를 받치며 업어주셨다. 약간 불편했지만 그래도 좋았다. 그러다 내 몸이 점점 더 무거워져 힘에 부친 어머니께서는

"이제 그만 업고 걸어가자."

그때부터 어머니의 손을 잡고 걸었고, 언제부턴가 그 손마저 놓은 채 혼자 걷게 되었다. 그리고 지금까지 혼자 걷고 있다. 하지만 아이 때 깍지 끼고 내 엉덩이를 받쳐 준 어머니 손깍지의 편안함은 지금까지 내 삶을 떠받치고 있다.

그런 어머니가 팔순을 넘었고, 내 나이도 오십이 넘었다. 그런데 아직도 난 어머니를 엄마라 부른다. 그런 나를 보고 아내가 엄마라 부르지 말고 어머니라

부르라고 요구한 적이 있다.

"당신, 어머니를 엄마라 부르지 마세요. 아들도 당신을 닮아 저에게 엄마라 부르며 반말을 해요."

난 그럴 수 없다고 했다. 세상에서 제일 편한 이름이 엄마인데, 그럴 수 없다고, 그러면서 어머니께 여쭈어보았다.

"엄마라 부르는 게 좋아요? 어머니라 부르는 게 좋아요?"

"왜 그래, 갑자기."

대화가 더 이상 진전되지 않았고 지금도 어머니에 대한 나의 호칭은 엄마다. 어머니를 모시고 살아가는 것은 큰 축복이다. 아들이 속을 상하게 할 때 생각지도 못한 깨달음을 주어 나를 반성하게 하였다. 언젠가 아들이 말을 듣지 않아 속상해서 어머니께 푸념했다.

"아버지 하기 싫어요. 말도 안 듣고."

그러자 어머니는

"다 때가 있다. 니 아들도, 니 아들 하기 싫을 때가 있었을걸."

그 말을 듣자 아들을 대하는 나의 태도에 문제가 있음을 스스로 깨닫게 되었다. 언젠가는 이런 말씀도 하셨다. 아들과 의견 충돌을 일으켜 서로 팽팽하게 갈등이 심할 때였다. 그때도 어머니께서는 툭 한마디를 던지셨다.

"자식에게 이기는 부모 없다."

큰 종처럼 가슴을 때리는 말이었고 그 소리는 내 정신에 울려 퍼졌다. '난 한 번도 어머니를 이겼다고 생각하지 않았는데, 어머니는 항상 나에게 지고 계셨구나.' 그러면서도 어머니는 언제나 내 편에서 생각하시는 분이시다. 합리적으로 따지면 도저히 말이 되지 않지만, 그 합리성도 사랑 앞에선 무력화된다. 아내가 미용 기술을 배워 내 머리를 잘라 준 적이 있다. 아내는 자랑스럽게 어머

니에게

"어머니, 제가 미용기술 배워 성원이 아빠 머리를 깎아 주었어요. 어때요, 잘 깎았지요?"

은근히 어머니에게서 '그래 대견하다. 정말 잘했다.'라는 말을 기대한 아내에게 어머니는

"아비가 머리를 대주니, 네가 얼마나 고맙겠냐."

아내는 그 말을 이해하지 못해 한순간 멍한 상태에 빠졌다.

"어머니, 제가 고마워해야 하는 것이 아니라, 제가 머리를 깎아 주었으니 성원이 아빠가 저한테 고마워해야 하는 거예요."

"그래, 네가 얼마나 고맙겠냐."

어머니는 세상을 아들 입장에서 이해하는 사람이다. 마지막까지 내 편이다. 세상에서 이런 내 편이 있다는 것이 얼마나 힘이 되는가.

팔순이 넘은 꼬부랑 할머니. 얼굴에 주름도 꼬부랑, 앉아 있어도, 서 있어도, 길을 갈 때도 꼬부랑 꼬부랑이다. 오늘 아침.

"엄마가 있어 참 좋아요."

"꼬부랑 할머니가 뭐가 그리 좋나?"

"엄마 오래 살아야 해요."

"이제 살면 얼마나 살겠냐?"

"저 잘 되는 것 볼 때까지는 살아야 해요."

"오냐."

열두 고개 꼬부랑길을 힘겹게 걸어오신 어머니. 마음의 주름만큼은 곧게 펴 주고 싶다. 꼬부랑길을 걸어가시는 어머니를 이제 내가 손깍지를 끼고 업어주어야 할 때다.

어머니 모시고 간 양남 장

새벽 5시에 일어났다. 오늘은 엄마를 모시고 양남 장에 가는 날이다. 차 뒷좌석에 타고 있던 아내가 엄마에게

"엄마 손, 기도합시다. 어무이 눈 감으소."

"와, 눈 감아야 되나?"

"기도할 땐 눈 감는 검더."

두 사람이 기도를 했다.

"하나님 아버지 감사합니다. 오늘도 좋은 물건 많이 사게 해서 우리 어무이 돈 많이 남기게 해주세요."

양남 장 입구에 차를 주차하니 멀리 바다로부터 아침이 빠르게 다가오고 있었다. 엷은 구름 사이로 여명이 보이고, 파도가 게으른 바위의 뺨을 세차게 두드리며 잠을 깨우고 있는 모습을 내 키보다 약간 높은 곳에서 갈매기가 재미있

다는 듯이 보고 있었다.

엄마는 장에서 콩잎을 샀다. 그리고 아내는 만 이천 원을 주고 감 한 상자를 샀다. 아내는 이 감을 누구에게 주면 좋겠다는 말을 하며, 퍼주기 좋아하는 성격을 유감없이 발휘했다.

장에 갈 때마다 느끼는 것이 엄마와의 날이 많이 남지 않았구나 하는 생각. 그 때문에 순간을 잡아 영정 사진이 될 만한 것을 찍으려 하지만 번번이 실패한다. 오늘도 찍지 못했다. 엄마를 모시고 영정 사진 찍으러 가자는 소리를 차마 하지 못 하겠고, 집에는 변변한 영정 사진이 없어 갑자기 돌아가시면 어떻게 할까 무의식적인 걱정을 하곤 한다.

물건을 사고 돌아오는 차 안에서 아내가 엄마에게 물었다

"콩잎 한 묶음에 500원은 남는가요?"

"500원이야 남지."

"얼마나 샀는데요?"

"내가 45만 원 가져가 다 쓰고, 5만 원은 외상해 놓았으니."

"아니, 장에서 외상도 주나요?"

"몇 십 년을 거래했는데, 와 안 주겠노."

엄마는 콩잎을 가져와서 2, 3일 정도면 다 판다. 가을 장사로서는 그만이다. 이런저런 이야기를 나누며 집으로 돌아왔다. 장사하는 엄마는 물건을 살 때나 팔 때나 신이 난다.

"아무것도 안 하고 집에 가만히 있으면, 심심해서 죽겠다."

말은 그렇게 하지만 경제적으로 힘이 드는 나에게 짐이 되기 싫어하시는 걸 잘 안다. 조금이라도 보탬이 되었으면 하는 노모의 마음, 그 마음을 알기에 난 좌절만 할 수 없었고 다시 일어서야만 했다.

우리 부부의 강에는
황금 잉어가 산다

길을 가다 그리 깊어 보이지 않는 그저 평범한 냇물에서 잉어 몇 마리가 아주 평화롭게 헤엄을 치며 노는 것을 보았다. 크기가 50cm에서 1m는 되어 보이는 아주 큰 잉어들이었다. 전날 비가 내렸는데 불어난 물을 따라 강에서 올라온 것이 분명했다. 푸른 풀 사이를 흐르는 개울물은 의외로 깨끗하게 보였다. 멋지게 헤엄치는 잉어를 잡고 싶다는 생각이 문득 들어 물속으로 충동적으로 뛰어 들어갔다. 순간 잉어는 재빠르게 도망쳤고 나는 옷과 신발만 버렸다.

낭패는 그다음이었다. 곁에서 보기에는 깨끗하고 얕게만 보였던 개울물이 실상은 그리 얕지 않았고 펄이 깊어 무릎까지 펄 속에 빠지게 되었다. 발을 빼기가 쉽지 않았다. 낑낑대며 뒤뚱뒤뚱 겨우 발을 빼내어 옆 풀숲에 털썩 주저앉았다. 고개를 드니 비 온 다음 날의 하늘은 무척 푸르렀고 옅은 구름은 나의 무언극을 미소를 머금고 바라보고 있는 듯했다. 개울물 또한 풀들과 하늘의 푸름을 담고 평화로이 흐르고 있었다. 그 속에서 잉어들은 안도의 한숨을 쉬며 나를 욕하고 있었을 거다.

사람이 겪은 일들은 사라지지 않는다. 그 경험들은 머리에서, 가슴에서 침적되어 생각 저 밑으로 가라앉아 있을 뿐이다. 슬픈 일도 기쁜 일도 마찬가지다. 없어진 것이 아니라 개울물 속의 펄처럼 침적되어 있을 뿐이다.

지나간 일은 그냥 침적된 채로 두면 그만이다. 그러면 개울물이 풀들과 하늘을 담아 푸르듯이 일상도 푸르게 흘러갈 수 있다. 지나간 아픔을, 고통을, 되새기는 일은 침적된 펄을 다시 불러일으켜 일상의 푸름을 흐리게 하는 것과 같다. 비약해서 말하면 펄들이 침적되지 않고 개울이 물 반 펄 반으로 섞여 있다고 가정하면 그 개울은 혼탁할 것이고 혼탁한 개울에는 결코 아름다운 잉어가 찾아오지 않으리라. 잉어가 희망을 상징하든, 현실의 기쁨을 상징하든.

아내와 대화를 하면서 말싸움을 하게 되었다. 술을 좋아하던 나로 인해 아내는 열을 많이 받았다. 하지만 잘 하는 것도 많다는 사실. 아내는 항상 "당신은 아홉 가지를 잘 하는데, 한 가지 술 때문에 그 아홉 가지 잘 한 것도 의미가 없어진다."고 늘 말하곤 했다. 그 때문에 말싸움에서 술 이야기만 나오면 나는 화를 내거나 자리를 박차고 나와 더 이상 대화가 진전되지 않았다. 어제는 말싸움하던 중 아내에게 잉어 이야기를 해 주었다. 나의 과거 잘못한 일들은 개울물의 펄처럼 그냥 침적시켜 두고 우리의 생활은 풀과 하늘을 담아 푸르게 흘러가자고. 둘이 마음이 풀리고 저녁에 아내가 그런 말을 했다.

"생각해보니 당신 말이 옳아요. 지나간 나쁜 일들은 펄처럼 침적시켜 두고 푸르게 살아요."

참고로 나는 요즈음 술을 끊고 산다. 아니 술에서 도망쳐 알코올 감옥 탈주범으로 살고 있다. 참고로 아내도 나를 열 받게 한 일이 많다. 서로 그런 일들은 침적시켜 두기로 했다. 과거보다는 미래가 더 중요하니.

"우리 부부의 냇물에는 황금 잉어가 산다."

꼼꼼이 아내,
설마 남편까지 버리진 않겠지

아내는 꼼꼼하다. 집안일은 해도 해도 끝이 없지만, 아내는 그릇 하나를 씻어도 다시 손이 가지 않도록 말끔하게 씻는다. 그런데 문제는 일을 한번 시작하면 끝을 낼 줄 모른다는 것이다. 꼼꼼하다 보니 시간이 오래 걸리고, 그러다 보면 정작 해야 할 일을 하지 못하는 경우가 생긴다. 신혼 때는 온종일 집을 쓸고 닦고 하여 집을 거의 카페 수준으로 만들었다. 그리고는 내가 회사 일에 지쳐 집에 가면 피곤하다고 나에게 짜증을 부리곤 했다. 난 그것이 몹시 못마땅했다.

"모래를 확 부어버린다. 청소 제발 좀 그만하고 책 좀 읽어요."

오죽하면 이런 말까지 했을까? 그래도 신혼인데 말이다. 그 정도로 아내는 청소에 몰두했다. 그러다 보니 정작 해야 하고 필요한 일을 하지 못하는 경우가 많았다.

그때 하도 화가 나서 한 말이다. 그런데 어느 정도 시간이 지나자 이제는 아예 일하지 않았다. 하면 끝까지 하고 하지 않으면 아예 손도 안 대었다. 그러다 보니 자연스레 집이 엉망진창이 되어갔고 내 말대로 책을 읽기 시작했다. 아내는 나의 말을 듣고 실천한 것인데, 내가 생각하고 원하는 것은 이것이 아니었다. 카페 수준은 아니더라도 어느 정도 정리가 된 생태를 원했고, 그리고 여유를 가지고 책을 읽기를 원한 것이다. 하지만 아내는 하면 확실히 하고 안 하면 아예 안 하는 그런 성격의 소유자였다. 아내가 잘못되었다고는 생각하지 않는다. 혼자 살 때는 그렇게 하고 살았던 것이 아무 문제도 되지 않았고, 그렇게 습관이 들은 것을 어찌 잘못되었다고 말할 수 있으랴. 참다못한 나는

"제발 식탁 위하고, 탁자 위만이라도 깨끗하게 치워놓아요. 그래야 밥을 먹을 때나, 책을 볼 때나 바로 할 수 있어요."

그렇게 말을 했지만 좀처럼 치워지지 않았다. 할 수 없이 식탁 위와 탁자 위, 세탁기 위는 내가 정리하기 시작했다. 그런데 아내와 달리 난 대충이다. 무엇이나 대충대충 한다. 어릴 때부터 그렇게 습관이 들여졌다. 어머니는 장사하였고, 자연스레 집안일은 소홀할 수밖에 없었다. 시간이 날 때 틈틈이 집안일을 하였는데, 그렇다 보니 대충 지저분한 것만 치운 것이다. 어릴 때부터 난 그런 어머니를 보며 자랐다. 그렇기에 대충하는 것이 습관화되어 버렸다. 집안일을 대충하는 나를 아내는 복산동 스타일로 일을 한다고 약간은 비꼬듯이 말한다.

최근에 아내가 달라졌다. 집 정리와 관련된 책을 한 권 읽더니 변하기 시작했다. 다시 신혼 때의 청소에 몰입하는 아내로 바뀐 것이다. 이것을 어떻게 받아들여야 할지 혼란이 생긴다. 안 하면 안 하는 대로 문제이고, 하면 하는 대로 문제이다. 그래서

"청소를 하든 정리를 하든 30분을 넘기지 않았으면 좋겠어요."

"당신이 도와주면 제가 일을 하는 시간이 줄어들지요."

라고 말을 한다. 하지만 내가 하는 일은 아내의 눈에 차지 않는다. 설거지하면 꼭 자신이 다시 해야 직성이 풀리는 성격이고, 세탁기 빨래는 아예 손을 대지 못하게 하는 성격이니 나도 딜레마에 빠진다. 이때 현명한 대처가 필요한데 아직 어떻게 해야 할지 생각 정리가 되지 않는다.

지금 아내는 커리어우먼이다. 그런데 청소와 정리에 매달리다 보면 그 일에 소홀할 수밖에 없다. 어차피 하루라는 시간은 한정이 되어있고, 어디에 에너지를 쏟느냐에 따라 생활이 결정된다.

아내는 아예 1인 밴드까지 만들어 하루에 버린 것의 사진을 찍고 버린 물건에 대해 글을 쓴다. 누가 어떻게 구입을 했는지, 그리고 버리는 이유는 무엇인지에 대해 글을 쓴다. 아예 정리와 청소, 그리고 버리는 것에 대해 책을 쓸 기세다. 오늘 아침에는 내 구두를 버리려고 내어놓았다. 약간 흠집이 있지만, 아직 신을만한 구두였는데.

"이건 아침에 어머니 콩나물 실어주거나 다른 험한 일을 할 때 신으면 좋겠는데, 버리지 말아요."

라고 말하자. 신발장을 열면서

"여기 신발이 가득 있는데, 이런 건 버려도 돼요. 그리고 앞으로 이 신발처럼 구겨 신지 말아요."

말문이 막혔다. 나도 버리는 것에 대해서는 일정 부분 동의를 한다. 나의 기준은 1년이다. 1년 동안 입지 않거나 사용하지 않는 것은 버리는 것이 더 낫다고 생각한다. 하지만 이제껏 생각만 했지 실행에 옮기지는 못했다. 그런데 아내는 막 버리기 시작한 상태다. 집에 물건이 남아있을지 걱정이다.

"설마, 남편까지 버리지는 않겠지."

내 사람이 그대라서 얼마나 다행인가

콩나물 콩은 돈 주고도 구하기가 쉽지 않다. 그렇기 때문에 집에서 엄마처럼 콩나물을 길러 파는 사람들은 모두 단골들이 있다. 엄마도 콩나물 콩을 사는 아주 오래된 단골집이 있다. 봉계와 양남, 언양 등에서 콩나물 콩을 산다. 늦가을 새로 해콩을 수확하면 어머니를 차에 모시고 콩나물 콩을 사러 다닌다. 올해도 콩나물 콩을 거의 천만 원 정도, 열 가마 정도가 되는 양을 샀다.

그런데 며칠 전, 엄마의 새로운 콩나물 콩 단골이 생겼다. 근처에 박제상 유적지가 있는 두동의 은편이다. 그곳에서 콩을 사면서 들은 이야기는 가슴 울컥하게 했다. 기존에 거래하던 콩나물 할머니가 몸이 불편해서 더 콩나물 장사를 하지 않게 되어 어머니에게 콩나물을 팔게 되었다고 한다. 기존에 콩나물 콩을 사던 할머니의 나이가 87세라고 하였다. 그 말을 들으니 우리 엄마의 나이도 87세인데 얼마나 더 하실 수 있을까 생각하니 마음이 편치 않았다.

또한, 봉계의 엄마 단골집은 노부부가 콩 농사를 지었는데, 올해 할머니가 치매가 왔고, 건강하시던 할아버지도 몸을 다쳐 병원에 누웠다. 오랫동안 거래를 하시던 분들이 나이가 들어 병에 걸려 계시니 참으로 안타깝기도 하다.

언양의 노부부는 할아버지가 올해 돌아가셨다. 백혈병에 걸려 76살의 연세로 갑자기 돌아가시게 된 것이다. 오늘 그 집에 콩을 사러 갔는데, 할아버지가 해놓은 땔감이랑 농기계랑, 키우던 소랑 모두 그대로인데, 할아버지만 없는 것이었다. 어머니도 안타까우셨는지,

"이 큰 집에 어째 혼자 사노."

라는 혼잣말을 되풀이했다. 아마도 돌아가신 아버지를 생각하며 외로우셨던 마음을 이제 그 할머니가 겪어야 한다고 생각하시니 동병상련의 안타까움 생기신 거다.

우리 부부는 어머니를 모시고 콩나물 콩을 사러 다니는 것을 무척 좋아한다. 시골 사람들의 인심도 느낄 수 있고, 경치도 구경하고, 무엇보다 콩나물 장사를 하실 만큼 어머니가 건강하다는 방증이라 생각하기에. 그리고 아내는 엄마의 비서를 자처한다. 계산에서 돈 지급까지를 도맡아 한다. 아내도 시골에 가서 콩나물 콩 이외에 고구마도 얻고, 감도 얻고, 김치며 된장, 배추며, 파며 무며 할머니들이 주는 인심을 받는 것을 너무 좋아하고 감사하게 여긴다. 앞으로도 오랫동안 건강하셔야 어머니를 모시고 콩나물 콩을 사러 다닐 수 있을 텐데.

또한, 아내는 봉계 할아버지 병문안을 하러 간다고 한다. 비록 콩으로 맺어진 인연이지만 그런 인연을 소중하게 생각하는 아내가 너무 괜찮은 사람이라고 생각한다. 그런 아내가 내 사람이라 참으로 다행하다.

詩 ————————————————

내 사람이 그대라서

내 사람이 그대라서
얼마나 다행인가?

그냥 스쳐 지나가는
풀씨가 아니고
가슴 속 깊은 자리에 머물러

찬바람이 불 때마다
더 깊이 뿌리를 내리고

비가 내릴 때마다
연푸른 이파리를 내고

따뜻한 햇살에
아름다운 꽃으로 피어

내 가슴 가득
향기를 주는 사람.

내 사람이 그대라서
얼마나 다행인가?

토요일의 소소한 하루

3개월 전부터 아내와는 특별한 일이 없으면 정자에 있는 카페로 와서 함께 글을 쓴다. 아침에 아내와 함께 집을 나서 방과 후 수업을 하는 호계의 농서초등학교까지 태워주고 나는 근처에 있는 카페에서 글을 쓴다. 요즈음은 책을 내기 위해서 많은 시간 글을 쓰며 보낸다. 특별한 직업을 갖지 않은 지금, 글쓰기에는 다시없는 기회이다. 아마 책을 내지 못 하거나 책을 내어도 많이 팔리지 않아 돈이 되지 않는다면, 오랫동안 이런 기회를 다시 얻게 되지 못할 거라는 생각이 들어 나름대로 최선을 다하여 글을 쓰려 한다.

어제는 한파가 몰아쳐 영하 10도까지 떨어지는 추운 날씨였지만 오늘은 어제보다는 기온이 많이 올랐다. 하지만 아내는 감기에 걸려 약으로 버티고 있는 모습이 역력하다. 컨디션이 좋지 않은 아내를 보며, 아침에 정자 카페로 올까 말까 둘이 고민하다가 이곳에 오지 않으면 주말 오후에 집에서 잠밖에 자지 않을 것 같아 함께 오기로 했다. 오전에 호계의 한 카페에서 글을 쓰다가 아내가 마칠 시간에 맞추어 농서초등학교 앞으로 갔다. 수업을 마치고 나오는 아내를 태워 매곡에 있는 식당에 가서 점심을 먹었다. 복국이 5,900원밖에 하지 않았지만, 맛은 나무랄 데가 없이 좋았다. 지난주에 가서 먹고는 맛이 너무 좋아 오늘 또 가게 되었다. 특히 감기에 걸린 아내에게는 복국이 딱 좋을 거라 생각했다. 점심을 먹은 후에 차를 타고 관성으로 넘어오는 길목, 적당한 빈터에 차를 세우고 낮잠을 잤다. 원기회복에는 잠이 최고다.

그런 후 정자까지 오는데, 바다가 무척 평화롭게 보였다. 해안에는 갈매기가 낮게 날고 있었는데 아내는 갈매기를 보더니 대뜸

"쟤들은 통장 없이도 하루하루 잘 살아가는데."

라는 이야기를 했다. 속으로 백수인 나의 현실에 뜨끔하기도 했지만 못 들은 척 넘어갔다. 카페 2층에서 각자의 노트북을 펼쳐두고 글을 쓰는데, 아내가

"제 얼굴 괜찮아요? 내가 가르치는 아이가 부모와 함께 와있는데."

한다. 그러더니

"아이스크림 하나만 사 오세요."

하며 카드를 주었다. 1층으로 가서 아이스크림을 사 와 아내에게 주니 그것을 아이에게 가져다주고 와서는 아이가 너무 귀엽다는 말을 하며 웃는다. 아내의 얼굴이 감기로 약간 붓기도 했지만 복스럽다는 생각을 한다. 아내는 글을 쓰다가 작은아들에게 전화하고는 저녁에 '1987' 영화를 보러 가자고 약속한다. 그리고 내 사진을 찍어 가족 카톡에 올린다. 아마도 오늘 이후의 일정은 아이와 함께 영화를 보고 저녁을 먹고 집으로 가게 되리라.

큰 사건은 아니지만, 아내와 함께 드라이브하고 바닷가 카페에 와서 함께 글을 쓰고, 책을 읽고 아이들과 전화를 하는 것은 울림이 있는 즐거움이다. 이런

것들이 쌓여 삶이 안정되고, 그 안정 위에 눈이 내리듯 행복이 내리고, 그 행복은 나이가 많이 들었을 때 추억으로 떠오를 것이다. 이 글 또한 그때까지 남아 있게 될 것이며, 이 글을 읽으며 지금을 회상하게 되리라.

"그때가 좋았지."

하며.

'그래, 지금이 좋다.'

지금 둘째에게 전화가 왔다. 8시 20분 영화 예약을 한단다. 이제 영화관으로 출발!

쑥떡쑥떡

해마다 봄이면 아내와 쑥을 뜯으러 다닌다. 3월 말이면 먼저 울산 근교를 오토바이를 타고 다니며 탐색을 한다. 그리고 언제쯤 쑥이 자랄지를 계산하고는 때를 맞춰 그 땅으로 가서 아내와 함께 쑥을 캔다. 4월이 되면 본격적으로 쑥을 캐러 다니는데, 생각지도 못한 곳에서 쑥을 발견하면 횡재한 기분이 든다. 그런 세월이 몇 년째 계속되고 있다. 쑥은 나는 장소에서 계속 나기 때문에 우리 부부의 쑥밭은 몇 군데나 된다. 겨우내 움츠러들었던 몸과 가슴을 펴고 들로 산으로 나가면 따뜻함을 머금은 부드럽고도 싱싱한 봄기운이 발끝에서 머리 끝까지 감싼다.

쑥을 뜯으러 다니면서 아내와 많은 이야기를 나눈다. 아이들 이야기, 친척들 이야기, 사는 이야기 등등. '쑥덕쑥덕'이라는 말이 괜히 생긴 말이 아니란 생각이 들 만큼. 쑥을 뜯으며 나누는 말 온도는 봄처럼 따뜻하다. 쑥을 뜯는 것은 따

166

뜻한 둘만의 추억을 저축하는 것이 된다.

쑥은 자연이 주는 선물이며 누구나 뜯으려 하면 뜯을 수 있다. 하지만 많은 사람은 뜯고 싶어도 어디서 뜯는지를 잘 알지 못 한다. 봄철에 자동차로 도로를 달리다 보면 쑥을 곧잘 발견하게 되는데, 쑥을 뜯고 싶다는 생각이 들어도 자동차 매연에 오염되었으리라는 생각에 망설이다 그냥 지나가는 경우가 대부분이리라. 쑥을 뜯으러 다니기 전의 우리처럼.

쑥에 대한 관심을 조금만 가지고 찾아본다면 산속에 지천으로 자라는 것이 또한 쑥이다. 쑥을 뜯기 위해서는 시기를 잘 맞추는 것이 필요하다. 너무 일찍 가면 쑥이 너무 어려 노력한 것에 비교해 쑥의 양이 너무 적어 맥이 빠지게 된다. 한 번 맥이 빠지면 다시 쑥을 뜯으러 가고 싶은 마음도 사라진다. 그리고 너무 늦게 가면 쑥이 너무 자라 먹기에는 억새다. 쑥떡을 만들어도 심이 이빨에 씹히기 때문에 맛이 떨어진다. 쑥을 캐는 적기는 4월 초순에서 5월 초쯤이다. 물론 지역에 따라 약간의 차이가 있겠지만.

해마다 쑥을 뜯기 때문에 노하우가 생겨, 친한 지인들에게 함께 가자고 권해 같이 가기도 한다. 쑥을 뜯고 싶어도 어디서 어떻게 뜯어야 할지 몰라 가지 못 하는 사람이 의외로 많음을 알았다. 친한 지인들에게 말하면 특별한 일이 없으면 쑥을 뜯으러 따라나선다. 함께 가면 사람 수만큼 수확하는 쑥의 양도 많아진다. 따뜻한 봄날 친한 사람들과 쑥을 함께 뜯는 소풍은 봄 날씨만큼이나 따뜻한 추억이 된다.

쑥은 찻길 옆에 잘 자란다. 하지만 차들이 많이 지나가는 도로 옆의 쑥은 절대 뜯지 않는다. 자동차가 내어 뿜는 매연을 마신 쑥이 좋을 리 만무하다고, 다른 사람들과 똑같은 생각을 하기 때문이다. 쑥은 산속 깊은 곳에서 뜯어야 안심하고 먹을 수 있다. 재작년 봄까지 쑥을 뜯으러 간 곳은 정자 근처 신명에서 신흥사 쪽으로 올라가는 계곡 옆이었다. 개울물 옆의 쑥은 수분을 많이 함유하고 있어 부드럽고 맛있다. 그런데 재작년 여름에 온 태풍으로 그곳의 쑥밭이 말 그대로 쑥대밭이 되어버렸다. 작년에 찾아가니 쑥은 찾을 수가 없었다. 그래서 우가산, 언양, 척과 등지로 다니면서 새롭게 쑥밭을 찾았다. 그러다 무룡산 고개에서 원하는 쑥밭을 발견했다. 쑥은 기온이 올라갈수록 억세 진다. 하지만 무룡산 중턱은 고도가 산 아래보다는 높기 때문에 상대적으로 기온이 낮아 5월 초까지는 부드러운 쑥의 속살을 유지하고 있다.

쑥은 쑥쑥 자라서 쑥이라는 이름을 갖게 된 것 같다. 4월 말부터 5월 초가 되면 쑥은 하루가 다르게 자란다. 쑥을 뜯으러 가보면 지난주에 본 것보다 한 뼘이나 더 자라있다. 그때쯤이면 우리 부부가 1시간 정도만 뜯어도 2kg 정도의 쑥을 뜯을 수 있다. 보통 쑥 1kg과 찹쌀 1대 정도로 쑥떡을 만드는데, 쑥 2kg 정도면 쑥떡을 만들어 가까운 지인들에게도 나누어줄 수 있다. 명절 때마다 고마운 분들에게 선물을 돌리는 것이 전통의 정을 나누는 방식인 것처럼, 우리 부부는 쑥떡을 통해 정을 나눈다. 그 쑥떡을 먹음으로 정이 쑥처럼 쑥쑥 자라길 기대하며.

해마다 20kg 정도의 쑥을 캐는데, 쑥떡뿐만 아니라 된장국을 끓여 먹기도 한다. 쑥떡은 인절미와 절편, 카스테라 등을 만들어 먹는데, 쑥의 향이 들어간 특유의 떡 맛은 일 년 내내 그 맛을 잊지 못하게 할 만큼 맛있다. 된장국에 들어간 쑥은 된장과 어우러져 어머니의 손맛을 생각나게 한다. 이렇게 봄 한 철 쑥과 사랑에 빠지다 남는 쑥은 삶아서 물을 뺀 후, 비닐 팩에 한 번 끓여 먹을 양만큼 나누고 난 뒤 냉동실 안에 둔다. 그리고 연중 내내 쑥이 생각날 때마다 꺼내어 된장국에 넣고 끓여서 먹는다.

쑥덕쑥덕

쑥이 모여
쑥덕쑥덕

닭이 알을 품듯
낙엽은 씨를 품었고

봄이 되자
쑥은 쑥쑥 자라

어머니의 된장국에서
구수하게 끓여져

자식의 가슴으로 흐르는
사랑의 강이 되고

아주머니가 캐어
쑥떡이 되어

이 집 저 집 흐르는
정의 냇물이 된다.

베푸는 것의 의미

아내는 해마다 손수 몇 가지씩을 만든다. 매실 액기스를 만들기도 하고 된장이나 고추장을 담기도 한다. 또한, 김장도 직접 담근다. 그리고 아내는 손수 만든 것들을 남에게 퍼주기를 좋아한다. 퍼주고 나서는 그 사람의 반응을 궁금해한다. 그런데 아내가 성의를 가지고 준비한 것에 대해 기대보다 못 미치는 반응을 보이면 섭섭해 한다. 어떤 심리적인 요인에서 비롯된 감정인지는 알 수가 없다. 그런 아내에게 가끔

"섭섭해하려거든 주지를 마세요. 주려면 아무 기대도 하지 말고 줘야 합니다. 조금이라도 아깝다고 생각한다면 주지 않는 것이 백번 낫습니다."

라고 말해주곤 한다. 이 말은 평소 나의 생각이기도 하다. 누구에게 베푸는 것은 아낌없이, 대가를 바라지 않고 베풀어야 마땅하다. 베푸는 행위로 부듯함을 느꼈다면 이미 대가를 받은 것이라 할 수 있다. 부듯함 이외에 또 다른 감사함이나, 다른 대가를 바란다는 것은 베푸는 의미를 희석하게 한다.

베푼다는 것은 가치 있는 행위이다. 나도 가끔은 자기소개서를 컨설팅해준다. 글을 쓰고 있고, 전에 자기소개서 전문학원을 운영하여 본 경험이 있기에, 돈을 받고 자기소개서 지도를 해주기도 하지만, 돈을 받지 않고 해줄 때도 많다. 돈을 받거나 받지 않거나 똑같이 해준다. 그리고 가능하면 평소 친분이 있는 사람이 부탁을 해오면 돈을 받지 않고 재능 봉사를 해준다. 그러면 그에 대해 결과를 알려주는 사람도 있고, 그렇지 않은 사람도 있다. 최근에 한 사람을 컨설팅 해주었는데, 취업에 성공했다고 밥을 사겠다고 했지만 정중하게 거절했다. 합격했다는 말만 들어도 난 이미 보상을 받은 것이다.

　재충전의 시간을 보내기 때문에, 시간이 될 때 의미 있는 일을 하고 싶어, 대안학교에서 무료로 글쓰기 강의를 한다. 학생들에게 이런 말을 했다.

　"글은 자유롭게 쓰면 된다. 글쓰기는 연습이다. 머릿속에 든 생각을 활자화시켜 눈으로 볼 수 있게 하는 훈련이다. 이런 훈련이 되어 있으면, 세상을 살아가는 데 아주 유용하다. 살아가면서 글을 써야 하는 많은 상황에 처하게 된다. 글쓰기 훈련이 되어있으면, 그렇지 않은 사람보다 훨씬 잘 대응을 할 수 있다. 지금 당장은 아니더라도, 글쓰기 연습을 하여두면 나중에 책을 낼 수도 있다."

　처음엔 학생들이 글쓰기를 난감해하였지만, 이제 어느 정도 자신의 글을 써나가는 것 같다. 내가 해줄 것이란 글을 쓸 수 있게 동기부여를 하는 것이다. 글은 학생 자신이 쓰는 것이다. 글이 잘 안 되더라도 지적을 하지 않는다. 글쓰기에 재미를 붙이는 것만으로도 충분히 가치가 있는 일이기 때문이다. 만약 기회가 된다면 학생들이 쓴 글을 문집으로 만들어볼 생각이다,

　베푼다는 것은 물질에 국한하여 쓰이는 말이 아니다. 봉사도 베푸는 것이며, 재능기부도 베푸는 것이다. 베푸는 것은 흘러가는 것이다. 많은 것에서 적은 곳으로 흘러가고, 높은 것에서 낮은 곳으로 흘러가는 것이다. 고인 물은 썩는

다. 흘러야 썩지 않는다. 우리나라에는 잔치하고 남은 음식은 일을 도와준 사람이 가져가게 하는 전통이 있다. 욕심을 부려 남은 음식을 주지 않는다면, 썩게 된다는 것을 알기 때문이다. 베푸는 것도 이와 같은 이치다.

우리나라는 베푸는 문화가 많이 부족한 것 같다. 정확한 통계는 알지 못하지만, 뉴스를 보면 불우한 환경에 처한 사람들이 너무 많다. 대통령까지 한 사람이 자신만을 위해 천문학적인 부를 축적하는 동안 가난한 사람은 고통을 받으며 살아간다. 재벌들이 불법 상속을 받고, 갑질을 하는 동안 못 살고 약한 사람은 자살하기도 한다.

베푸는 것은 가장 의미 있는 흐름이다. 살아오면서 많은 것이 나에게로 흘러왔다. 부모님을 통해서든, 선생님을 통해서든, 친구를 통해서든, 나와 관계를 맺고 있거나, 혹은 전혀 무관한 사람에게서 나에게로 흘러들어와 지금 내가 되었다. 그렇기에 나에게로 흘러온 것을 더 가치 있게 만들어 다른 사람에게로 흘러가게 해야 한다. 그것이 더 나은 삶을 만드는 길이며, 더 나은 사회를 만드는 길이다.

자본주의가 부의 불평등을 단점으로 가져갈 수밖에 없는 제도라면, 그것을 해결하기 위한 인간미가 있는 방법이 베푸는 것이다. 그런 문화를 만들어야 하고 그런 시스템을 구축하여야 한다. 학교에서도 주입식 교육만 할 것이 아니라, 암기력만 훈련하게 할 것이 아니라, 사람이 의미 깊게 살아가는 방법을 가르쳐야 한다. 그래야 제대로 된, 사람이 살기 좋은 사회가 될 것이다.

"베푸는 것은 생색을 내기 위해 하는 일이 아니라 자신이 의미 있는 삶을 살기 위해 하는 일이다. 베풀지 않으면 썩고 말 것이다. 잔치가 끝난 후 나눠주지 않는 음식처럼."

제5장
함께 사는 세상

사랑이라는 이름의 폭력

둘째가 새끼 길고양이 한 마리를 집으로 데리고 왔다. 이미 집에는 이름이 '축복'이인 말티즈 한 마리를 키우고 있었기에, 고양이와 개를 한 공간에서 키우기는 어렵다는 생각에 길고양이를 원래 있던 자리로 다시 가져다 놓을 것을 말했다. 하지만 둘째는 완강하게 고집을 부렸다. 원룸을 얻어 독립해 사는 둘째는 자기가 사는 곳으로 데려가서 키우겠다고 하였다. 내키지는 않았지만 그러라고 했다. 길고양이를 데려온 때가 새벽이라 이름을 '새벽'이라 지었다.

잘 키우겠다고 그렇게 장담을 하고 원룸으로 데려갔지만 둘째는 한 달도 못 되어 새벽이에게 손을 들었다. 길고양이 새벽이를 생각처럼 키우기가 그렇게 쉽지가 않았던 모양이다. 그래서 주택인 우리 집으로 데려와 마당에서 키우기로 했다. 그리고 두 달 정도가 지났다. 새벽이는 우리 집이 자신의 집으로 생각했던지 도망도 가지 않고 귀염둥이가 되었다. 우리가 마당으로 갈 때마다 텃밭에 있다가도 우리 앞으로 뛰어와서 등으로 누워 배를 보여주기도 하였고, 자신의 머리를 우리 발목에 비비기도 하였다. 고양이가 우리에게 할 수 있는 친근감의 표시였다.

암컷이라 걱정이 되었다. 동네 길고양이들이 마당에 어슬렁거리기 시작한 것이다. 새끼를 가지면 부양해야 할 고양이가 기하급수적으로 늘어난다는 소리를 들었기 때문에, 고민 끝에 중성화 수술을 시키기로 하였다. 하지만 수술 비용이 만만치 않았다. 동네 동물병원에 문의하니 싸게 해준다고 하면서도 30만 원을 요구했다. 우리 형편이 그리 넉넉한 편이 아니어서 고민하다가, 결국 부산에서 동물병원을 하는 조카에게 찾아가 수술을 하였다. 수술한 후 2차 감염이 우려되어 완치될 동안만 실내로 데려와 키웠다. 그런데 반려견 축복이가 굉장히 긴장하였다. 처음에는 새벽이가 도망을 다녔지만, 며칠이 지나니 축복이가 도망을 다녔다. 두 마리의 동물과 함께 지내려고 하니 여간 스트레스가 아니었다. 아내는 은근히 실내에서 키우고 싶어 하였지만, 도저히 잠을 잘 수 없는 지경에 이르렀다. 그래서 새벽이를 다시 마당으로 내보냈다.

그때부터 새벽이는 밤마다 실내로 넣어달라고 야옹거렸다. 하지만 그럴 수는 없는 노릇이었다. 새벽이는 우리에게 잘 보이기 위해 그가 할 수 있는 일을 하였다. 쥐를 잡아다가 현관 앞에 두기 시작했다. 벌써 여섯 마리. 아내는 쥐를 엄청 싫어하는데 새벽이는 자기가 할 수 있는 호의를 베푸는 것처럼 보였다. 쥐를 잡아다 주면 자신이 좋아하니까 우리도 좋아할 거로 생각하는 것 같았다. 아내는 쥐를 보고 기겁을 하고 새벽이는 쥐를 잡아 오고. 그렇다고 새벽이에게 알아듣게 설명할 수도 없는 노릇이고. '소통이 이래서 중요하구나.'라는 생각이 들었다.

또 하나는 살아가면서 호의를 베푸는 것이 호의를 받는 사람에겐 기겁하는 일이 될 경우도 있을 것 같았다. 가령 전혀 자신의 스타일이 아닌 이성이 사랑을 고백하며 떨어지지 않는 경우라든가, 아이들은 전혀 들을 마음의 준비가 안 되어있는데, 옳은 소리로 잔소리하는 경우라든가. 사랑이라는 이름으로 이루어지는 폭력은 사람과 사람 사이에도 끊임없이 존재한다는 것을 느끼게 해주었다. 새벽이는 다시 마당에 적응한 것 같다. 지금도 밤에는 야옹거리지만.

우리가 사랑할 수 있을 때

　얼마 전 내가 살고 있는 근처의 한 공장에서 사고가 있었다. 10명 중 5명은 경상, 5명은 중상을 입었다. 그날 낮에 누군가가 그 사고가 인터넷 뉴스에 기사로 떴다는 말을 하였고, 난 '또 사고가 났구나, 그나마 사망한 사람이 없어 다행이다.'라는 생각을 했다. 그곳에서는 1년에도 몇 차례 이런 사고 소식이 들려왔고 그런 소식은 '안타까운 일이다.' 정도로 흘려버리곤 했다. 그런데 이번엔 '안타까운 일이다.' 정도의 뉴스가 아니라 아내의 친한 지인의 남편이 그 사고가 발생한 팀의 팀장이었고, 그 사고로 중상자 중의 한 명으로 부산 병원에 입원했다는 우리 삶의 일부인 뉴스가 되어버렸다.

　그 일이 일어난 며칠 뒤의 토요일이었다. 금요일부터 아내는 부산 병원에 병문안을 가야 하는데 운전할 자신이 없다고 나에게 운전해달라고 부탁하였다.

그 남편을 나도 잘 알고 있던 터라 그러자고 했다. 그리고 아내는 내일 아침에 시장엘 가서 전복을 사달라는 부탁도 했다. 아내는 전복죽을 잘 끓였고, 병문 안 갈 일이 생기면 꼭 전복죽을 끓여 가는 것을 익히 알고 있던 터라 그렇게 하겠다고 하고선, 아침 일찍 시장에 가서 아주 커다란 전복 다섯 개를 샀다. 아내는 전복죽을 다 끓이고서는 학교에 수업하러 갔다. 마침 집에 와있던 둘째와 수업을 끝내고 온 아내와 함께 부산 다대포에 있는 병원으로 출발했다. 토요일이라 그런지 고속도로는 약간 정체가 되었지만 그렇게 심하지는 않았고, 1시간 30분 정도 걸려 병원에 도착하였다.

병실에 도착하니 환자는 중환자실에 있어서 면회가 되지 않았고 아내의 지인만 일반병실을 지키고 있었다. 다행히 환자는 상태가 좋아지고 있어 며칠만 있으면 일반병실로 옮길 수 있다고 하였다. 인사를 하고 앉아있는데 아내와 지인은 서로 이야기를 나누었다. 때론 눈물을 글썽이기도 하면서 쉼 없이 대화를 이어갔다. 난 옆에 앉아서 둘이 나누는 대화를 들었다.

"남편 통증이 너무 심해요."

"진통제를 주지 않나요?"

"진통제를 주어도 칼로 살을 저며 벌리는 것 같이 아프다고 하네요."

이쯤에서 둘 다 눈물 글썽하다.

"그래도 불행 중 다행이라 생각해요. 전기를 아는 사람들은 그 상황은 살아날 수 없는 상황이라고 한데요. 살아난 것이 기적이래요. 하나님이 도우신 것 맞아요. 처음 보았을 때 얼굴이 시커멓게 그을려 무척 놀랐어요. 그것을 다 긁어내고 붕대로 다 감아 놓았어요. 정신을 차린 남편은 손으로 기적이라는 글을 허공에 적더군요."

"정말 큰일 날 뻔하였네요. 그래도 이만하기 다행입니다."

"좀 전에 면회를 가니 남편이 저에게 묻더군요. 귀는 붙어 있냐? 아랫입술에 감각이 없는데 입술은 붙어있냐? 코는 무사하냐? 저는 그 말을 듣고 이제 정신이 돌아왔구나 하는 안도감이 일었어요. 그래서 다 괜찮다고 말해주었더니, 제 말은 자기를 안심시키기 위해서 하는 말이라고 생각했던지 옆에 있던 간호사에게, 저에게 했던 질문을 똑같이 하더군요. 간호사가 괜찮다고 하자 그때서야 안심을 하는 것 같았어요."

둘의 대화는 아주 구체적이었고, 아주 섬세했으며, 진심이 묻어나는 대화였다. 옆에서 들으며 '화상이 그렇게 고통스럽고 끔찍한 상처구나.' 하는 생각을 하였다. 대화를 마치고 그분은 울산 집에 잠시 다녀와야 한다면서 태워달라고 하였고, 우리가 끓여간 전복 죽을 집에 가서 아들과 먹겠다며 사 들고 나왔다. 그분과 함께 울산으로 돌아오는 중에도 아내와의 대화는 끊임없이 이어졌다. 그분을 옥동에 있는 집까지 모셔다드리고 집에 오는 도중에 아내는 그분에게서 문자를 받았다.

"우리 아들 건이가 전복 죽 맛이 너무 좋대요. 전복죽에 사랑이 들어있는 것 같다고 하네요."

'안타깝다.'하고 흘러가 버릴 수도 있었던 뉴스의 한 기사가 아내의 인연과 얽이면서 우리 현실의 일부가 되어버렸다. 앞으로도 그 부부와는 지속해서 인연을 이어갈 것이다. 살다 보면 어느 날 문득 우리와 전혀 상관없다고 여긴 일이 우리 삶 속으로 들어오거나, 우리 일이 되어비리는 일이 종종 있다. 죽음의 문턱은 누구에게나 열려있으며, 불행은 예고 없이 찾아오기에 사랑할 수 있을 때 더 많이 사랑해야겠다는 생각을 하였다.

이모 이야기,
민들레의 슬픈 향기

민들레 꽃 눈물 되던 날

태풍 민들레 꽃잎 비 되어 쏟아지던 날, 정자 이모는 하늘나라로 갔다. 이모는 성격이 유순하였고 인정이 참 많았다. 어렸을 때, 난 어머니 다음으로 정자 이모를 좋아했다. 이모는 친아들처럼 나를 이뻐해 주셨고 그 때문인지 난 이모 집에 자주 놀러 갔다. 결혼하고 아이를 낳은 후에도 이모 집에 가는 나의 발걸음은 계속되었다. 나의 작은 가족들을 데리고 이모 집에 가면, 갈 때마다 이모는 그냥 보내는 법이 없이 항상 젓갈이랑, 미역을 손에 들려주셨다.

큰딸의 불행

이모는 딸 둘을 낳아 길렀다. 큰딸은 올곧게 자라 어부에게 시집을 갔다. (손재주가 많았던 딸의 남편은 나중에 울산 시내의 전자 마트에서 전기 기사로 일했다.)

큰딸은 아들 세 명을 낳았는데, 그중에 둘째가 먼저 죽어 버렸다. 태화강에서 칼에 찔린 주검으로 발견된 것이다. 범인은 아직도 잡지 못했다. 벌써 30년 전의 일이다. 아들을 잃은 이모의 큰딸은 말할 수 없는 깊은 슬픔에 잠겼다. 이모 또한 외손자를 잃은 슬픔에 가슴이 무너져 내렸으리라.

살림이 어려웠던 큰딸은 중소기업에 생산직으로 들어가 일을 했다. 일하던 도중 프레스에 손가락 네 개를 잃었다. 그 고통은 아직도 계속된다고 한다. 뼈가 조금씩 자라 그것이 피부를 자극한다고 한다. 불행은 여기서 그치지 않았다. 술을 무척 좋아한 큰 사위마저 간암으로 저 세상 가는 길에 앞장세웠다. 이모의 슬픔은 무척 컸었다. 술을 좋아했지만, 이모에게는 친자식이나 다름없던 마음 좋은 사위였다.

둘째 딸의 불행

둘째 딸은 아주 예뻤는데, 10대에 가출했다. 학교도 다니지 못했고 아버지의 사랑도 받지 못한 채 사춘기를 보내다 집을 나간 것이다. 그 시대가 그러하듯 집을 나와 둘째 딸은 식모살이했다. 한동안 소식이 끊겼다가 아들 하나를 앞세우고 울산 우리 집으로 돌아왔다. 이모부가 없었기 때문에 아버지가 의논 상대가 되었다.

가출하여 포항의 어느 집에 식모살이했는데 그 집 주인과 눈이 맞아 아들을 낳았다. 집주인은 자신의 아내와 이혼하고 이모의 작은딸과 결혼했다. 행복했던 결혼 생활도 잠시 남편은 본처와 다시 결합했고 여기서부터 작은딸의 불행은 시작되었다. 작은딸은 포항에 아들 하나를 남겨둔 채로 울산으로 와서 우리 집 앞에 작은 주촌을 차렸다. 그곳에서 한 남자를 알게 되었고 둘은 결혼하여,

딸 둘을 낳았다. 행복해지는 줄 알았는데, 어찌 된 영문인지 다시 그 남자와 이혼을 하였다. 그때가 내가 대학 다닐 때였는데, 학교를 마치고 집으로 돌아가는 길가 작은 상점에서 대낮부터 술을 마시고 있던 이모의 둘째 딸인 이종사촌 누나를 자주 보게 되었다. 한동안의 시간이 흐른 후 언제부턴가 이모의 작은 딸인 누나는 보이지 않았다. 그 후 10년이란 세월이 흘렀고 그 작은 딸은 언양의 어느 무당의 아내로 다시 우리의 시야에 들어왔다. 집들이 갔을 때, 정말 그 누나의 행복을 얼마나 빌었는지 모른다. 하지만 무당의 구박에 못 이긴 작은 딸은 다시 이혼하였고 행적이 묘연해져 버렸다. 이런 일이 있을 때마다 이모는 얼마나 상심하였을까, 얼마나 가슴이 타들어 갔을까.

난장이 유 씨의 불행

인정 많던 이모는 떠돌아다니던 난쟁이를 양아들로 받아들였다. 양아들은 커서 목수가 되었고, 정상인 몸의 처녀와 결혼을 하였다. 그런데, 양 며느리는 아들 하나만 낳고 도망쳐 버렸다. 그 아들을 맡아 키우는 것은 이모의 몫이었다. 난쟁이의 아들 이름은 석이었다. 석이는 제대로 성장할 수가 없었다. 그도 그랬던 것이, 한창 예민한 나이의 석이에게는 엄마는 없고 난쟁이인 아버지밖에 없었으니, 이모의 사랑을 이해할 수 있는 심적인 상태가 될 수 없었기에 자포자기한 상태로 사고를 치고 돌아다녔다. 정자에서 사고뭉치로 소문이 났고 경찰서를 들락거리는 아이로 자랐다. 이모가 돌아가시는 날, 이모는 석이를 찾았다. 석이는 이모 손을 잡고

"할머니, 키워주셔서 고맙습니다."

라는 말을 했다. 그 말을 듣자 이모의 손이 맥없이 풀리면서 돌아가셨다.

꽃 나라로 간 이모

이모가 돌아가시는 날, 태풍 민들레가 우리나라 전역에 피어 종일토록 비가 내렸다. 민들레 향기가 자욱한 태화강 옆 영안실 밖에서 참담한 심정으로 내리는 비를 맞았다. 민들레 홀씨는 비가 되어 세상을 젖게 만들었지만, 그것은 더 이상 불행의 꽃잎이 되어서는 안 되었다. 살아생전 숱한 불행으로 가슴을 태웠지만, 이제 이모의 민들레 꽃잎은 저승에서 향기로 피어나리라. 동강병원 지하. 큰딸은 검은 상복을 입고 꺼이꺼이 울고 있었고, 어떻게 연락이 되었는지 둘째 딸은 비쩍 마른 몸으로 울음마저 잊은 듯이 앉아 있었다. 그 심정 어떠했으랴.

난쟁이 유씨가 상주로 앉아 사람을 맞고 있었고 그 옆에 석이가 서 있었다. 큰딸의 네 살배기 증손녀는 철없이

"할매가 꽃 나라로 갔다."

라고 말하였다. 그래, 꽃 나라로 갔을 거다. 민들레 향기가 행복의 향기로 가득한 꽃 나라로.

1+1 인생살이

아침에 일어나면 커피부터 찾는 습관이 있다. 특히 요즈음처럼 겨울철이면 새벽에 이불을 박차고 나오기가 쉽지가 않다. 그래서 '빨리 커피를 마시러 가자.'라는 생각을 한다. 그냥 내가 좋아하는 커피를 마시기 위해 일어난다고 생각하면 이불을 박차고 나오기가 그리 어렵지 않다.

이렇게 말하면 대단한 커피 마니아처럼 느낄 수도 있겠지만, 난 그렇게 커피 마니아는 아니다. 단지 아침에 눈을 뜨자마자 커피를 마시는 것을 좋아하기 때문이다. 새벽에 장사를 나가시는 어머니의 짐을 시장까지 실어주기 위해서 일찍 일어날 수밖에 없다. 처음엔 일어나기 위해 무조건 커피를 찾았다. 그런데 그것이 어느새 습관이 되어버렸다.

커피도 집에서 마시는 커피가 아니라 편의점에서 파는 캔 커피다. 집에서 편의점까지 거리는 한 150m 정도가 되고, 아침에 일어나 편의점까지 걸어가면 잠이 확 깨어버린다. 편의점 가서 맨 먼저 찾는 것이 1+1, 혹은 2+1 캔 커피다.

매일 커피를 마시다 보니 어떤 때는 하나로 아쉬울 때가 있어서 가능하면 1+1을 산다. 하나는 그 자리에서 마시고 하나는 호주머니에 넣어두었다가 집을 나서기 전이나 점심을 먹고 난 후에 마신다. (어떤 때는 아내에게 뺏기기도 하지만)

오늘 새벽은 이번 겨울 들어 최고로 추운 날이었다. 영하 10도, 울산에서는 흔치 않은 날씨다. 날씨가 너무 춥기 때문에 어머니에게 장사를 나가지 못하도록 며칠 전부터 이야기했고 결국 어머니는 내 뜻을 받아들여 장사를 나가지 않으셨다. 그런데 아침에 일어나 편의점에 가서 커피를 마시는 버릇은 어쩔 수가 없어 편의점으로 갔다. 1+1을 사서 마시고 있는데, 창 너머로 우리 동네에서 폐지를 주워 파는 할머니 한 분이 손수레를 끌고 가는 것이 보였다. 이렇게 추운 날도 변함없이 폐지를 줍는 할머니가 무척 안 됐다는 생각이 들었다. 그래서 문을 열고 지나가는 할머니를 편의점 안으로 불렀다.

"할머니, 몸이라도 좀 녹이고 가세요."

하면서 남은 캔 커피 하나를 드렸다. 얼은 손으로 캔 커피를 손에 쥐고는

"아, 뜨뜻하네. 고마워."

라는 말씀을 하시며 맛있게 드셨다. 그리고 나서는

"부탁 하나만 해도 되겠어?"

"예? 무슨?"

"바로 저 앞에 보일러 통을 하나 버려두었는데 혼자서는 무거워서 실을 수가 없어, 같이 가서 좀 실어줘."

'속으로, 아니 이 추운 날 나에게 일을?'이라는 생각이 들었지만, 한편으로는 거절할 수가 없었다.

"예, 알겠습니다. 같이 가세요."

편의점을 나서니 그 할머니는 나에게 손수레를 끌고 오라고 하고선 앞장서서 걸어갔다. '아니, 이런 경우가 있나.' 날씨가 너무 추워서 안쓰러운 마음에 캔커피 하나 주면 되었지, 나에게 손수레까지 끌고 오라고 하니 약간은 마음이 상했다. 하지만 내 손은 벌써 손수레를 잡고 걷고 있었다. 손수레의 손잡이가 얼어 너무 손이 시렸다. 바로 앞이라고 했는데, 한참을 손수레를 끌고 걸어야 했다. 속으로 화가 치미는 것을 억누르고 아무 소리 없이 손수레를 끌고 갔다.

구 역전 시장 옆에는 기존에 있던 건물을 허물고 새로 건물을 짓기 위해 공사를 시작하는 곳이 있었는데, 그 공터 한쪽에 남이 쓰다 버린 보일러 통이 있었다. 할머니 혼자 들기에는 불가능한 무게였다. 보일러 통 앞에 손수레를 붙이고 할머니와 내가 힘을 합쳐 실었다.

"정말 고맙네. 이제 내가 가지고 갈게."

라는 말 한마디를 남기고 어두운 새벽길을 유유히 걸어갔다. 그 모습을 보고 '나에겐 별것이 아니지만, 저 할머니에겐 저 보일러 통이 생계를 유지하게 하는 중요한 것이구나.' 하는 생각이 들어 귀찮아했던 내 모습이 몹시 부끄러웠다.

요즈음 경기가 어려워져 사는 것이 무척 힘들어졌다. 더욱이 없는 사람들이 겨울을 나기란 고통스럽기까지 하다. 이 일을 겪으며 나 혼자만 편하게 살겠다고 남을 생각하지 않은 자신이 반성이 되었다. 사람은 혼자 살 수가 없다. 그렇기에 나 한 사람이 다른 한 사람이라도 돕고 사는 1+1의 인생을 살아야겠다는 생각을 하였다.

관계의 푸른 숲에서 살고 싶다면

모닝커피를 한잔하면서 조용히 책도 읽고 글도 쓰려고 카페에 왔다. 1층을 둘러보고 2층에 올라오니 분위기가 글쓰기에 안성맞춤이다. 세련된 브라운 톤의 인테리어가 눈을 편안하게 하고 동그랗게 울려 퍼지는 음악이 샴푸 한 머리카락 사이로 부드럽게 불어온다. 산뜻한 기분에 잔잔한 미소를 지으며 자리에 앉는다. 손님은 외국인 남, 여 두 명만 앉아 졸고 있다.

살아가면서 수많은 관계를 맺는다. 태어나면서부터 가족이란 관계가 자연스럽게 형성되고 친척들과 관계를 맺으며 관계의 폭을 점차 확대해 나간다. 유치원, 놀이터 등에서 혈연이 아닌 친구들이 생기고, 성장하면서 그 나이에 맞는 친구들을 갖게 된다.

숲은 나무들이 모여 이루어진다. 숲을 관계라 한다면 나무 하나하나가 작은 관계라 할 수 있다. 관계는 보통 우연히 시작된다. 지금 맺고 있는 관계를 생각해보라. 태어날 때부터 부모를 선택해서 태어난 것이 아니다. 초등학교 들어갈 때 담임을 선택하지 않으며, 담임도 학생을 선택하지 않는다. 우연히 만나 사제관계가 만들어진다. 회사에 들어갈 때도 마찬가지다. 회사가 신임직원을 선택할 때는, 그 회사의 직무에 적합하다는 판단에 의해서지 단지 그 사람이기 때문에 선택하지는 않는다. 그 직무에 적합한 인재라면 그 사람이 아닌 누구라도 선택할 수가 있다. 또한, 회사에 들어가서 선임자를 만나 관계를 맺는 것도 그 사람보다 먼저 들어간 사람이기 때문에 만나지는 것이지 그 선임자를 만나 관계를 맺기 위해 입사하지는 않는다. 여기까지 글을 쓰고는 잠시 멈춘다.

먼저 들어와 자리를 잡은 두 남, 여 외국인이 졸다가 깨어났는지 시끄럽게 떠들기 시작한다. 시간이 지날수록 알아들을 수 없는 언어의 볼륨은 점점 높아지고, 급기야는 부드러운 음악의 톤을 간섭하기 시작한다. 그래도 참고 글을 써나간다. 하지만 그 톤은 바늘로 변해 내 귀를 막 쑤시기 시작하고 도저히 집중할 수 없게 만든다.

조용히 하라고 말하고 싶은데 영어가 떠오르지 않는다. 이때 영어를 하지 못하는 현실이 불편해진다. '뭐라고 해야 하지 Excuse me, 까지는 알겠는데, 그다음은 Be quite 라고 해야 하나, Shut mouse라고 해야 하나. 내가 하는 말이 혹시 욕은 아닐까? 별의별 생각이 다 들고, 짧은 영어를 떠올리며 머리를 굴리고 있는데, '그냥 참자.'라는 생각이 들어 글쓰기를 포기하고 책을 펴든다.

그런데 너무 시끄럽게 떠들며 웃어댄다. 책 읽는 것에도 집중할 수가 없다. 한 10분 정도 참고 있으려니 화가 치민다. '저 녀석들은 자기 나라에서 공공예절도 안 배웠나? 다른 나라 왔으면 조용히 구경만 하고 갈 것이지, 왜 남에게 피해를 주나. 나쁜 자식들은 아닌 것 같은데, 아마도 자기들의 행동이 다른 사람에게 피해를 주는지를 생각하지 못하는 것 같다. 주의를 좀 주어야겠다.' 생각이 여기에 미치자 자리를 박차고 일어선다.

"거참, 너무 시끄럽습니다. 조용히 좀 하소."

입에서 거침없는 경상도 사투리가 튀어나온다. 억양에 불쾌한 감정이 묻어 있음을 이야기하는 순간 나와 두 외국인이 동시에 느낀다. 순간 두 사람의 얼굴이 벌게지면서 입을 닫는다.

"아, 알았어요."

남자가 서툰 한국말로 대답한다. 그러고는 조용하다. 잠시 소곤소곤하다가 둘은 일어나서 조용히 나간다. 눈길을 마주치기가 서로 어색하다. 이럴 때 영어를 할 줄 알았으면, 외국인 친구를 사귈 기회가 될 수도 있었을 텐데 하는 아쉬움이 든다.

'이제부터라도 영어회화를 좀 배워볼까?'

이 두 사람도 오늘 아침 우연히 만난 사람이다. 어제부터 이 사람들을 만나야지 계획하고 만난 것은 아니다. 관계는 우연에서 시작한다. 관계는 이렇게 우연히 만나 끝나는 일회적인 만남이 있고, 지속해서 계속되는 만남이 있다. 그 계속성이 이루어지는 데에는 여러 가지 요인이 작용한다. 일단 만남이 지속적인 관계로 발전이 된다면, 그다음부터는 우연보다는 약속 때문에 만나는 관계로 발전하게 된다.

이런 측면에서 본다면 관계란 우연에서 시작되어 발전한 만남이라는 정의가 가능해진다. 그런 작은 관계의 나무가 여기저기 생기고 없어지면서 한 사람이 가진 관계의 숲이 만들어지게 된다.

우연이 발전하면 필연이 된다. 우연한 만남이 발전되려면 두 개체가 서로 맞는 무엇인가가 존재해야 한다. 발전을 가능하게 하는 그 무엇인가가. 다른 말로 하면 공감대이다. 집을 나서기만 하면 많은 우연을 대한다. 그 사람은 나를 만나기 위해 준비하고 온 사람이 아니다. 환경이 다르고 살아온 경험이 나와는 다르다. 하지만 서로 공감하는 부분이나, 공통적인 관심사가 생긴다면 우연은 점차 필연이 되어간다.

그 만남이 발전되면 겨울이라는 환경이 와도 낙엽으로 저버리지 않는 사철나무의 관계가 된다. 횟수를 더할수록 공감대의 농도가 짙어지기도 하고, 처음보다 옅어지기도 한다. 만남의 농도가 짙어져 필연이 되기 위해서는 먼저, 자신을 낮추고 서로에 대한 양보와 배려 그리고 이해가 필요하다. 누구에게나 얼마간의 좋은 점은 있기 마련이고, 누구에게나 얼마간의 좋지 않은 점이 있기 마련이다. 문제는 좋은 점 발견자가 되어야 한다는 것. 누구에게나 당연히 가진 좋지 않은 점 발견자가 된다면 그 관계라는 나무는 금세 시들고 만다. 그런 의미에서 관계 설정은 나쁜 점을 발견하지 않겠다는, 상대방을 내가 먼저 이해하겠다고 다짐하는 마음가짐에서부터 출발한다고 말할 수 있다.

이렇게 느끼고 글을 쓰는 지금, 내가 가진 숲을 둘러보니 너무도 빈약함을 느낀다. 곳곳에 나무가 시들어 피폐해져 있다. 이제껏 사람을 너무 비판적으로 바라보고 계산적으로 바라보고, 조그만 실수도 용납하지 않은 나의 삶이 가져다준 결과이다. 살아오면서 얼마나 많은 우연을 마주쳤는가? 그런데도 내 숲이 형편없음은 참으로 안타까운 일이다. 많은 이유가 있겠으나 스스로가 마음의 문을 닫은 까닭이 가장 크다.

만남을 위해 마음의 문을 여는 준비부터 해야 한다. 만약 영어가 준비되었다면, 그 사람들의 행동을 기분 나쁜 표정으로 제지하지는 않았을 것이다. 자연스럽게 다가가 말을 붙였다면, 그들의 나라에 대해 말을 나누는 계기가 될 수도 있었을 것이며, 그것은 새로운 관계의 나무를 심는 기회가 되었을 것이다. 그런데 준비되지 않으니 다가온 우연도 놓쳐버리고 만 것이다. 그처럼 매일 누군가를 만날 때 새로운 관계를 만들겠다는 준비-마음을 열고 우연한 만남을 소중히 받아들이겠다는 겸손한 자세가 필요하다.

만남의 가치를 더 소중하게 생각하고 앞으로 우연을 필연으로 만들기 위해 의도적인 노력을 하고 싶다. 사람이 가치다. 사람이 목적이다. 사람이 결론이다. 살아가면서 아름다운 관계를 더 많이 만든다면 풍요로운 삶이 되리라. 뒤로 돌아보면서 앞으로 운전할 수는 없다. 느끼고 깨달았으면 지금부터 하면 된다. 앞으로도 수많은 우연을 만나게 될 것이다. 그때마다 장점 발견자가 되겠다고, 이해하고 말겠다고 마음을 열어본다. 지금의 빈약하고 메마른 관계의 숲이 머지않아 울창하게 될 날을 기대하며.

잃어버린 핸드폰

핸드폰을 또 잃어버렸다. 1년에 한 번씩 벌써 3년째다. 잃어버릴 때마다 핸드폰 안에 든 사진이랑 전화번호도 같이 잃어버린다. 안타까운 일이지만 어쩔 수 없다. 핸드폰 전화번호를 어디 저장해두는 방법도 있다는 말을 들었지만, 기계치라 할 줄도 모른다. 매번 잃어버린 전화번호 때문에 답답해하지만 이젠 전화번호 찾기도 귀찮아졌다. 그래서 나에게 전화 오는 사람만 저장을 한다. 전화하지 않는 사람은 내가 필요하지 않은 사람이라는 생각을 하게 되었고, 내가 필요한 사람은 어떻게든 전화번호를 알아낸다. 세상을 살면서 여러 관계에 얽매여 있다. 핸드폰을 잃어버리는 것을 계기로 관계 정리를 한다. 지금 내 핸드폰 속에는 한 스무 명 정도의 핸드폰 번호가 입력되어있다. 나에겐 꼭 필요한 사람이나 나에게 먼저 전화를 해준 사람이다.

2년 6개월 전에 술을 끊었다. 나를 아는 사람들은 내가 얼마나 술을 즐겨 마셨던지 알 것이다. 윤창영 하면 비와 술이 생각난다는 이야기를 참 많이도 들었고, 아내에게는 내가 살아있는지를 묻는 사람들도 있었다고 한다. (그렇게 술 마시고 연락 두절이니 생사가 궁금할 듯도 하다) 3년 전 내가 핸드폰을 분실했을 때, 내 핸드폰에는 500명이 넘는 전화번호가 입력되어 있었다. 작년 핸드폰을 분실했을 때는 200명 정도, 며칠 전 전화번호를 분실했을 때는 아마 150명 정도의 전화번호가 입력되어 있었을 거다.

술을 마실 때는 저녁때만 되면 술 생각이 나곤 했다. 술친구에게 내가 먼저 전화를 하든지 아니면 전화를 받든 지, 없는 건수도 만들어 술집으로 향했다. 그런데 핸드폰을 잃어버리고 나니 술 마시자고 전화 오는 사람과만 같이 술을 마실 수 있었는데, 그것도 내가 술을 끊는다고 결심한 후로 그 술 마시자는 제의를 거절했다. 한두 번 거절하다 보니 전화 오던 술친구도 더 전화가 오지 않았고, 자연스럽게 술친구들이 떨어져 나갔다. 그리고 술 마시는 모임에는 가능한 참석하지 않았다.

어느 순간부터 나에게 술 마시자고 전화가 오지 않았고, 난 술을 끊게 되었다. 2년 정도 독한 마음으로 술을 마시지 않으니, 술은 끊게 되었는데, 문제는 나의 사회적인 관계망까지 다 단절이 되어버린 것이다. 사람은 사회적인 동물이고, 특히 나의 성격이 사람을 좋아하는 성격인지라 어느 순간 외롭다는 생각이 들었다. 그래서 6개월 전부터는 1달에 한 번쯤 피할 수 없는 자리에 처하면 술을 마시는 시늉을 한다.

핸드폰을 잃어버린 것이 안타까운 일이지만, 한 번쯤 잃어버리면 새로운 관계망이 형성될 수도 있다. 나에게 정말 필요한 사람, 나를 정말 필요로 하는 사람. 그 사람이 누구인지 알 수가 있게 된다. 필요 없는 전화번호만 많이 저장해 둔다고 해서 풍요로운 인생이라 말할 수 없지 않은가?

자, 이제 나에겐 전화번호가 없다. 내가 필요하고 나의 전화번호가 입력된 사람은 먼저 문자나 전화를 해주시라.

이쁜 것이 경쟁력이다

머틸도사처럼 허접스러운 캐릭터로서 50년 넘게 살았다. 외모에 대해서 크게 신경 쓰지 않았다는 말이다. 이런 나에게 끊임없이 아내는 외모에 대해 잔소리를 해대었다.

"코털 깎고 다녀라. 머리카락은 이마로 내리지 말고 빗어 올려라. 잠은 옆으로 자지 마라 주름살 생긴다. 샤워해라 냄새난다. 옷이 그게 뭐냐. 호주머니에 손 넣지 마라. 다리 꼬고 앉지 마라. 허리 좀 구부정하게 하고 걷지 마라. 입 냄새 난다 양치질해라. 수염 좀 깎고 다녀라. 배 좀 집어넣어라."

등등 잔소리의 종류는 수도 없이 많았다. 세상 남자들이 아내에게 들을 수 있는 외모에 대한 지적이란 지적은 모두 받으며 그렇게 20년이 넘도록 아내와 살았다. 그때마다

"사람은 외면이 중요한 것이 아니라 내면이 더 중요해. 내공만 강하면 외모는 아무래도 상관없다."

라고 응수하며 편한 데로 살았다. 어느 정도 시각이 지나면 포기할 법도 한데, 아내의 지적은 줄기차게 계속되었고, 이런 잔소리는 끝이 없었다. 하지만 난 변한 게 없이 꿋꿋했다. 대충해서 입고 다니는 등의 외모에 별 관심 없는 캐릭터는 그 송곳 같은 잔소리에도 변할 줄 몰랐다. 최소한 며칠 전까지는.

사람은 다 때가 있다는 옛말이 있고, 자신이 진정으로 느껴야 변한다는 말도 있듯이 어느 순간부터 외모에 관심을 가지기 시작했다. 어느 날 아침, 거울을 보고 나도 모르게 "ＡＣ"라는 알파벳을 발음하며 짜증을 내었다. 방에서 출근 준비를 하던 아내가 놀라 나에게 다가왔다.

"아침부터 무슨 일 있어요? 왜 그래요?"

그 말에 아무런 대답을 하지 않고 거울을 뚫어지라 바라보았다. 거울 속에는 어떤 낯선 할아버지가 들어있었다. 무척 낯이 익은 사람인데 이마에 깊은 주름과 눈썹 밑에 잔주름과 눈 아래의 굵은 주름, 잠이 덜 깬 상태의 부은 얼굴과 그 위에 생긴 검은 점들, 머리카락이 빠진 듬성듬성한 머리, 목의 주름 그리고 마지막으로 한 방, 커다란 호박 하나가 들어있는 배.

자세히 살펴보니 도저히 눈을 뜨고 봐줄 수 없는 몸 하나가 거울 속에서 짜증을 부리고 있었다. 외모보다는 내면의 힘이 더 중요하다는 오래된 신념이 여지없이 무너지는 순간이었다. 그때야 아내의 줄기찼던 잔소리가 생각났고, 그동안 몸 관리를 안 했던 스스로에 대해 원망을 하게 되었다.

"백 마디, 천 마디의 잔소리보다는 자기가 스스로 느껴야 변한다."

아내가 아이들에게 잔소리할 때 내가 옆에서 아내에게 수도 없이 한 말이다. 그 말이 딱 맞음을 절실하게 깨달은 순간이었다. '이건 아니다. 아무리 외면보다 내면이 중요하다고 하지만, 이 모습, 이 할아버지의 모습은 아니다.'라는 생각을 하면서

"당신 말 들을걸. 내가 완전 할아버지 모습이 되어버렸잖아."

"새삼스럽게 이제 그걸 아셨어요? 외모에 신경 쓰라고 그렇게 말할 때는 자신 있게 내면만 강조하더니, 보세요. 내 말이 맞죠? 비주얼이 얼마나 중요한지, 깨달았으면 지금부터라도 관리하세요."

그리고 며칠 전 '방과 후 교사 면접 사건'에 대한 자신의 경험담을 말하기 시작했다.

아내는 초등학교 방과 후 논술교사로 일한다. 1년마다 계약이 갱신되는데 그때마다 모든 전형을 다른 지원자들과 똑같이 경쟁하여야 한다. 서류전형, 면접, 모형 수업 실시 등. 이 부분에 대해서 아내는 불평을 토로하기도 한다.

〈아무리 잘해도, 고용 연장이 되지 않는 것은 너무 하다. 뽑을 때 신중하게 뽑고, 한 번 뽑았으면 결정적 하자가 없고 학부모나 학생들의 반응이 좋으면 한 번 정도는 더 고용을 보장해야 하는 것 아닌가. 그런데 해마다 면접 등 다른 지원자와 똑같이 경쟁을 해야 하는 고용불안은 너무나 부담스럽다〉

학교의 정책을 따라야 하는 을의 처지니 어느 곳에 하소연할 때도 없다. 작년에 고용되어 수업한 초등학교에 내년에도 논술교사로 일을 하기 위해, 작년과 똑같은 지원서류를 내고 서류전형 합격 연락을 기다렸다. 아내는 핸드폰에서 삐 소리만 들리면 전화기로 달려가 확인을 하곤 했는데, 그 모습 보기가 안쓰러울 정도였다. 하지만 결과 통보를 하겠다고 한 날, 온종일 기다려도 연락이 오지 않았다. 연락이 오지 않으면 자동 서류전형 탈락이었다. 답답해하며, 같은 초등학교에서 방과 후 교사를 하는 미술 선생님에게 전화해서 연락을 받았냐고 물으니 미술 선생님은 면접 통보를 받았다고 했다. 아내가 연락받지 못했다는 소리를 듣자 아내보다 더 분개하며, 도대체 말이 안 된다는 성토를 했다. 하루를 초조하게 보낸 아내는 아무래도 이상하여 혹시나 하고 학교 담당 선생님에게 전화를 걸었다.

"저 방과 후 독서논술 교사에 지원했는데요. 어제 발표 날이었는데, 연락이 없어 전화했습니다."

그러자 그 담당 선생님은 아무렇지도 않게 툭 한 마디 던졌다.

"제가 문자를 안 보냈군요. 모레 2시까지 면접 보러 오세요. 아! 선생님이 연락을 못 받았으면 다른 후보 선생님에게도 연락하지 않았겠네."

하면서 전화를 끊었다고 한다. 통화 후 아내는

"그러면 그렇지 내가 안 될 리가 없는데, 만약 내가 전화를 하지 않으면 면접 보러 가지도 못했을 거고, 그러면 자동 탈락이 되는데 전화하길 잘했어."

라고 좋아했다. 그리고 면접을 보러 갔다. 그런데 경쟁해야 할 후보가 경력이 막강한 사람, 국문학과 대학원까지 졸업하고 등단하여 소설 책까지 발간한 작가가 온 것이다. 하지만 아내는 자신 있어 했다. 아내는 그 후보자의 모습을 보고 평소 지론인 '속도 중요하지만, 포장도 중요하다.' 라는 것을 신봉했기 때문이었다. 그 작가 선생님은 학교로부터 연락이 없자 서류전형에서 떨어진 줄 알고, 점을 빼는 시술을 했기에 얼굴에 반창고가 군데군데 붙어있었고, 내가 평소 신조처럼 여겼던 '내공이 강한 사람은 외모는 별반 상관이 없다.'는 생각을 했는지 옷도 평상복 수준으로 입고 왔다는 것이다. 결국, 아내가 합격하고 그 작가는 떨어졌다.

그 사건을 아내는 '방과 후 면접 사건'이라 불렀다. 그리고 허접스러운 내 모습을 공격할 때 쓰는 레퍼토리로 활용했다. 거울 속의 허접스러운 모습에 짜증이 난 상태에서 아내의 그 사건까지 듣자, 예전 같으면 욱해서 응수하던 모습과는 달리 아내의 논리를 인정할 수밖에 없었다. 이로써 외모 관리에 관한 27년간의 아내와의 전쟁은 나의 완벽한 패배로 끝이 났다.

이제부터라도 관리를 좀 해야겠다는 생각을 하였다. 눈에 확 띄는 빠진 머리가 감당되지 않아 서울에 사는 아들에게 부탁하여 탈모에 좋다는 샴푸를 샀고, 머리카락이 빠진 부위를 커버하기 위해 머리카락을 기르고 있다. 나온 배를 집어넣기 위해 하루 점심 1끼만 먹으며, 아침과 저녁은 채소 주스로 대신하고 있으며, 집에는 헬스 기구인 스핀 자전거를 사서 시간을 정해두고 운동을 시작했다. 이제껏 관심이 없던 옷을 몇 벌이나 사기도 했으며, 얼굴의 주름은 어찌할 수 없어 스킨, 로션을 아침과 저녁으로 꾸준히 바르고 있다. 한 번씩 아내가 마스크 팩을 해주기도 한다.

이러한 노력으로 외모는 전보다 약간 깔끔해진 것으로 보이기는 하지만 가시적인 변화는 그리 크지 않는 듯하다. 젊었을 때부터 아내의 말을 듣고 관리를 했더라면 지금보다 10년은 더 젊어 보일 거라는 생각이 들지만 어쩔 수 없는 노릇이다. 앞으로 나이가 더 들수록 노화는 더욱 빠르게 진행될 것이다. 그렇지만 이러한 의식적인 노력을 함으로 노화는 피할 수 없더라도, 그 진행 속도는 어느 정도 더디게 할 수 있지 않을까 하는 기대를 해본다. 평생 관리하지 않은 습관 탓에 얼마나 효과를 발휘할 수 있을지는 알 수 없지만, 나를 보게 되는 사람은 약간 달라진 모습을 기대해도 좋다.

몸이 중년이라고
생각의 씨앗까지 중년인가?

한 나라의 인구 구성비 중에서 65세 인구가 7%가 넘으면 고령화 사회, 14%가 넘으면 고령 사회 20%가 넘으면 초고령 사회라고 UN(국제연합)이 규정하고 있다. 우리나라는 2000년에 고령화 사회에 접어들었고, 2020년이 되면 고령 사회에 접어들 것으로 추정한다.

급속하게 진행되는 고령 시대에 비해 준비는 완만하여 그 보조를 맞추지 못하고 있다. 국가에서는 정책적으로 노인에게 노령연금을 지급하기도 하고, 복지시설을 갖추기도 하며, 자활할 수 있는 일자리 제공 등의 노력을 하고 있지만 늘어나는 노인을 감당하기엔 한계가 있다. 그렇다면 결국은 많은 부분 노인 스스로가 자신을 감당할 수밖에 없는 상황에 처하기 마련이다.

그런 의미에서 본다면 중년에게는 아직 스스로 준비할 시간이 남아있다. 그 준비를 어떻게 할 것인가? 그것은 좋은 생각의 씨앗을 심는 것이다. 물질적인 것에 반해 생각은 돈이 들지 않는다. 하지만 돈이 들지 않는 생각의 씨앗이 노년의 삶의 질을 결정지을 수 있다. 좋은 씨앗을 심는다면 좋은 열매를 맺을 수밖에 없다.

박근혜와 최순실은 감옥에 있다. 나쁜 씨앗을 심어 나쁜 열매를 맺은 결과이다. 그들은 잘못이 없다고 하지만, 그것은 잘못이 잘못인지조차 인식하지 못하게 만든 나쁜 씨앗이 그들의 정신 속에 심어진 탓이다. 그 씨앗이 자라 많은 잘못의 열매를 만들었고 그로 인해 많은 국민들이 힘들어했다. 그들은 지금 반성이라는 좋은 씨앗을 심어야 할 때이다. 그래야 좋은 열매를 거둘 수가 있다.

그처럼 지금 나의 모습도 열매이다. 내가 가진 좋은 점은 예전에 심은 좋은 씨앗 덕분이며, 나쁜 점도 예전에 심은 나쁜 씨앗 때문이다. 내가 글쓰기를 좋아하는 것은 예전에 글쓰기의 씨앗이 나도 모르는 사이에 내 가슴에 심어진 까닭이며, 내가 술을 좋아한 것도 그런 맥락이며, 지금 술을 끊은 것도 그런 맥락이다.

그런데 끝이 아니다. 중년은 아직 살아야 할 날이 많다. 그렇다면 노년의 좋은 열매를 맺기 위해서는 지금 무엇을 해야 하는가? 그것은 즐거움의 씨앗을 심는 것이다. 예전에 심어진 씨앗은 마음에 씨앗이 심기어지는 줄도 모르고 그저 생각으로 날아와 자리를 차지하는 경우가 많았다. 하지만 중년은 어느 정도는 어떤 씨앗을 심어야 할지에 대한 판단을 할 수 있다. 물론 지금도 많은 부분 자신도 모르는 사이에 생각을 타고 마음속으로 날아와 심어지는 씨앗이 있을 테지만, 그렇다 하더라도 그 싹을 보면 잡초 싹인지 상추 싹인지를 판단하는 눈은 갖게 된 것이다. 그리고 많은 부분은 자신이 선택한 씨앗을 심을 수 있다. 물론 습관 때문에 잘 안 되는 것도 있을 테지만, 최소한 무엇이 좋은 씨앗이고 무엇이 나쁜 씨앗인지를 판단할 수는 있다. 그래서 중년이 좋은 것이다.

몸이 중년이라고 생각의 씨앗마저 중년일 수는 없다. 아이의 씨앗이나 중년의 씨앗은 단지 색깔이 다를 뿐이다. 아이는 하고 싶은, 이루고 싶은 미래 꿈의 색깔이지만 중년은 자신이 살아오면서 겪은 많은 일을 서로 섞은 현재의 색깔이다. 아이들의 생각 씨앗이 가는 실에 매달린 연이라면 중년의 생각 씨앗은 뿌리 깊은 나무이다. 아이들보다 중년은 더 현명하기에 더 좋은 생각의 씨앗을 심을 수 있다.

오늘은 날이 차고 바람도 약간 분다. 체감온도가 아주 낮은 날씨다. 이런 날 차가운 곳에 있지 않고 따뜻한 곳에서 달달한 핫초코를 마시며 글을 쓴다는 것은 얼마나 다행하며 행복한 일인가? 이러한 것도 예전에 심어진 어떤 씨앗의 열매이리라. 나의 삶에도 찾기만 하면 안 좋은 것투성이다. 그렇지만 찾기만 하면 좋은 것투성이다. 나쁜 것을 찾아 절망의 열매를 맺기보다는 좋은 것을 찾아 즐거움의 열매를 맺는 것이 훨씬 더 경제적이며, 삶을 윤택하게 만든다.

그리고 지금 즐거움의 씨앗을 심는다면 언젠가 더 크게 웃음 열매가 맺어질 것이다. 그래서 요즈음 거울을 보고 웃는 연습을 한다. 언젠가는 큰 웃음 열매가 맺어져 다른 사람에게도 나누어줄 날을 기대하며. 사람마다 모두 씨앗이 다를 것이다. 중년인 지금, 자기에게 맞는 씨앗, 긍정의 씨앗, 즐거움의 씨앗을 심는다면 노년의 시기 행복한 열매를 맺게 되리라.

감성 패션 디자이너

디자인이란 보기 좋게, 사용하기 편하게 만드는 것. 고유의 것을 더 가치 있게 하는 것이다. 우리 주위에는 숱한 디자이너가 있다. 제일 먼저 떠오르는 것이 패션 디자이너다. 그다음엔 전자 제품 디자이너. 자동차 디자이너, 인테리어 디자이너. 어찌 생각하면 성형수술 의사도 디자이너 일을 하는 것으로 생각할 수도 있다.

그런 의미에서 본다면 시인은 감성 디자이너가 아닐까? 시를 쓴다는 것은 감성을 보기 좋게, 더 가치 있게 디자인하는 것일 수도 있다는 생각을 한다. 세상 사람들은 누구나 감성을 가지고 있다. 그런데 학교에서 감성이란 과목을 가르치지는 않는다. 어떻게 감성을 아름답고 가치 있게 표현해야 하는 지를 배우는 전문적인 과정이 없는 것이다.

그래서 많은 사람이 감성을 표출하는데 서툴다. 이런 서투름 때문에 인간관계가 단절되는 경우도 많다. 하지만 본능적으로 감성은 살아가면서 잘리고 깎여 자신의 고유한 형태로 무의식에 남아 인간관계에서 반응으로 표현된다. 이런 감성의 형태는 자연스럽게 형성된 결과물이다. 우리가 자연이라 말하는 것은 숲과 강과 단풍과 바다와 산, 이런 것들을 일컫는다. 인간 고유의 감성도 관계라는 비에 씻기고, 사람이라는 바람에 깎여서 형성된 것이다. 그렇기 때문에 감성을 디자인한다는 생각을 하지는 않는 것이다. 디자인이라는 것은 자연과 대비되는 인위적인 것이기 때문이다.

　그런데 감성도 어느 정도 디자인이 필요하다. 감성도 어느 정도 훈련이 필요하다. 왜냐면 좋은 감성은 사람의 가치를 높여주기 때문이고, 사람의 정서를 아름답게 만들며, 정신을 안정시켜주기 때문이다. 시인은 자신의 감성을 다듬어 아름답게 만드는 사람이다. 그것은 디자인과 일맥상통하는 부분이 있다. 그래서 시인을 감성 디자이너라 말하고 싶은 것이다. 모든 사람이 시를 쓸 필요는 없다. 그것은 모든 사람이 패션디자이너일 필요가 없는 것과 같다. 시인이 디자인된 감성으로 쓴 시를 일반 사람이 읽는 것만으로 자신의 감성을 디자인할 수 있다. 그것은 패션디자이너가 디자인한 옷을 일반인이 입는 것과 같다.

　"시인이여, 감성을 패션화하라."

인생에도 쉼표가 필요하다

사진만 찍으면 무표정한 얼굴이었다. 비단 나만의 일이 아니라 페이스북 등의 SNS를 봐도 남자의 얼굴은 대개가 아무런 표정이 없다. 사진을 보면 꼭 화가 난 얼굴처럼 보이기도 한다. 언젠가 이런 사실을 느끼고부터 사진을 찍을 때 웃는 표정으로 찍자는 마음을 먹었다. 처음엔 얼굴 근육이 잘 움직여지지 않았다. 그래서 거울을 보고 웃는 연습을 했다. 아침에 일어나 면도를 하기 전 거울을 보고 크게 웃는 표정을 지어보았다. 또한, 엘리베이터를 혼자 탈 때 거울을 보고 내가 웃을 수 있는 가장 큰 함박웃음을 지어보기 시작했다. 그러다 보니 웃을 때 눈가에 주름이 생기기도 했지만, 그 주름은 이마에 있는 주름과는 달라 보였다.

사람의 얼굴은 그 사람의 인생을 담고 있다. 어릴 때 주름이 있는 노인을 보면 정겨운 생각보다는 무섭다는 생각을 했다. 하지만 나이가 들어 어머니 주름을 보면서 그 주름 사이에 얼마나 많은 이야기가 들어있겠느냐는 생각이 들어

주름은 인생 나이테라고 느껴졌다. 어머니 주름만이 아닌 다른 노인들의 주름도 간혹 눈에 들어왔고 주름이라 하여 다 보기 흉한 것이 아님이 느껴졌다. 그 사람의 인생은 어떠했을까? 추측해보기도 했다.

웃을 때 생기는 주름이 곡선이라면, 무표정한 얼굴의 주름은 직선이라는 생각을 해보았다. 스마일을 그릴 때 눈과 입은 곡선이다. 하지만 무표정한 얼굴의 입은 일자 형태의 직선이다. 곡선은 웃음을 담고 직선은 무표정함을 담는 것은 인생도 마찬가지이다. 특히 한국 사람의 특성 중의 하나가 '빨리 빨리'이다. 이것은 곡선을 허락하지 않는다. 쉼과 여유를 허락하지 않는 것이다.

글을 쓸 때, 한 문장의 길이가 60자를 넘어가면 중간에 쉼표를 찍어주어야 한다. 그렇지 않고 문장이 너무 길면 주어와 술어가 호응이 되지 않는 경우가 생긴다. 비문이 될 가능성이 많게 된다. 이것을 인생에 적용하면 처음의 의도와는 다른 결과가 나게 되거나, 무의미한 삶이 되어버린다. 살아가면서도 쉼표는 필요하다. 일하는 목적이 무엇인가? 그것은 돈을 벌어 여유 있는 삶을 살기 위함이 아니던가? 또는 일의 성취를 통한 보람을 가지기 위함이 아니던가? 그런데 현재 돈만을 위한, 일의 결과에만 집착한 삶을 살고 있지는 않은가? 여유와 보람은 문장으로 따지자면 주어에 해당한다. 일을 통해 이것은 서술어로 표현돼야 한다. 그런데 서술어가 돈과 일의 결과에만 집착하다 보니 쉼표가 없어지고 인생 자체가 의미가 없는 비문이 되어버린다.

쉼표는 시간만을 의미하지 않고 정신적인 여유도 포함된다. 손재주가 없는 나는 무엇이나 잘 고장을 내어버린다. 주택에 살다 보니 잡다하게 손봐야 할 경우가 많은데, 무언가를 고치려고 하면 잘 안 되어 힘으로 하다 보면 망가뜨려 버리는 것이다. 억지로 하면 안 되는 것인데 힘으로 하다 보니 호미로 막을 것을 가래로 막아야 하는 결과가 되어버린다. 그렇기에 아예 아내는 나에게 무엇을 수리하라고 요구하지 않는다. 확대해서 생각하면 사는 것에도 억지로 해서 되는 것은 많지 않다. 공부하기 싫은 아이를 억지로 책상 앞에 잡아둔다고 공부가 되는 것은 아니다. 억지로 하는 것은 여유가 배제됨을 의미한다. 억지란 말 속에는 '하기 싫은'이나 '안 되는' 의미가 포함되어 있다. 그럴 때는 문장에서 쉼표가 필요하듯이 쉬어야 할 때라고 생각하고 쉬어가야 한다. 즉 여유를 가져야 할 때임을 알아차려야 한다.

여유란 말은 직선이 아닌 곡선의 삶을 살 때 가능하다. 결과만 생각하고 KTX만 탈 것이 아니라, 늦더라도 둘러가는 기차를 탈 때, 보이지 않는 것들이 보이게 된다. 창밖의 풍경만이 아니라 내면의 풍경도 보게 되는 것이다.

거울을 보고 웃는 연습을 하다 보니, 이제 SNS에 올라간 내 사진은 거의 웃는 얼굴이 되었다. 무표정한 삶이 아니라 웃는 삶이 되었다. 웃는 연습을 하다 보니, 얼굴에만 웃음이 그려지는 것이 아니라 마음에도 웃음이 그려짐을 알게 되었다. 삶에 여유가 생겼다. 문장에서도 쉼표를 찍을 때를 알게 되었다. 그리고 직선의 삶이 아닌 곡선의 삶을 살게 되었다.

제6장
문학과 함께 하는 삶

고독 때문에 가슴 타버린 남자를

　글을 쓰는 지금, 울산 기온이 영하 7도까지 떨어졌다. 내일 날씨는 더 춥다고 한다. 이렇게 추운 날이면 따뜻한 아랫목에 있거나, 아니면 불이 환한 카페에서·글을 쓰는 것이 가장 행복한 일이다. 과거에는 이런 날 십중팔구 삼겹살에 소주를 마시고 있었으리라. 하지만 지금은 술에 대한 안 좋은 기억이 너무 많아 삼겹살에 소주보다는 커피와 글이 훨씬 더 좋다.

　날이 추우니 옛날 추웠던 때의 기억이 하나 되살아난다. 대학교 1학년 겨울이었다. 울산 근교에 서창이란 곳이 있다. 그곳에 고등학교 때 친했던 광호란 친구가 살았다. 대학 1학년 때, 그 친구가 생각이나 서창으로 갔다. 그 친구는 서창 뒷산을 넘어 절에 가려고 했던 참이었다. 둘은 소주 대병 두 개를 사고 안주를 사서 산을 넘어갔다. 겨울의 밤은 빨리 오고, 산을 가던 중에 밤을 맞이했다. 하지만 그곳에서 자란 친구는 밤길이었지만 훤하게 길을 알고 있어 산사를 찾아가는 데는 별 어려움이 없었다.

산사에 도착하니 그곳에서 고시 공부를 하는 형들을 만났다. 그 형들과 어울려 밤새도록 술을 마셨다. 그 형들은 오랜만에 맛보는 소주를 아주 맛있게 먹었다. 술을 먹고 있는 중에도 찬바람이 문풍지를 흔들어 덜컹거리게 했다. 겨울의 그 찬바람 소리를 들으며 따뜻한 산사에서 마시는 술은 정말 잊지 못하게 달았다. 술이 얼큰하게 오르자 나는 바람을 쐬기 위해 밖으로 나왔다. 살을 에는 듯한 찬바람을 맞으며 하늘을 보니 별들이 갑자기 땅으로 내려온 듯 가깝게 다가와 있었다. 앙상한 나뭇가지에 별이 꼭 열매로 달린 것 같았다. 별을 하나 따서 먹으면 맛있을 거라는 생각이 들 만큼. 그때 난 나무가 가을에 낙엽을 떨어뜨리는 이유를 알 것 같았다. 겨울의 별을 열매로 달기 위해서 가을에 나무는 나뭇잎을 다 떨어뜨린다는 생각이 들었다.

돌아와서 잠을 청했다. 아침에 밖에서 시끄러운 소리가 들려 눈을 떴다. 일어나 문을 여니 어떤 한 사람이 밖에 서 있었다. 가슴이 시커멓게 그을린 거지 같은 사람이었다. 웬 거지가 아침부터 절에 오나 하는 생각이 들었다. 하지만 그 사람에게 자초지종을 누군가 물어보았다. 그랬더니 그 사람은 전에 이 절에서 고시 공부를 한 적이 있었다고 했다. 고시에 떨어지고 방황을 하다가 문득 이 절이 생각나 찾아오던 중 밤에 길을 잃어버렸다고 했다. 밤이 너무 추워서 불을 지폈는데, 그래도 추워서 불을 안아버려 가슴이 이렇게 시커멓게 되었다는 말을 하였다. 그 말을 듣고 진짜 가슴이 타버린 사람을 만났구나 하는 생각이 들었다. 그 밤은 오늘 밤처럼 너무 추웠고, 밖에서 보내기에는 잘못하면 얼어 죽을 수도 있는 날씨였다는 생각이 들었다. 얼마나 추웠으면, 불을 다 쓸어 안을까. 하는 생각이 내 머리를 영영 떠나지 않았다.

추운 것은 그 사람만이 아니었다. 나도 인생을 살아가면서 마음이 너무 추워

불을 찾았고 그 불에 가슴이 새까맣게 타들어 간 것이 한두 번이 아니었다. 그 불은 내게는 소주였다. 소주를 마시고 가슴이 타버렸던 날들. 너무 추웠고 너무 외로웠고 그래서 가슴이 다 타도록 불을 지펴댔다. 가슴이 다 타버리도록 술을 마셨다. 진짜 고독 때문에 가슴 타버린 남자를 만난 것이다. 이 시는 그때의 일을 소재로 하여 적은 글이다.

詩 —————————————————————
고독 때문에 가슴 타버린 남자를

고독 때문에 가슴 타버린 남자를
진짜로 본 적이 있습니까?

20살 무렵 산사에서 하루를 보낸 적이 있었습니다.
산사 마당엔 해골 같은 나무 한 그루 있었는데
자랑처럼 하늘의 별들을
가지에 주렁주렁 열매로 달고 있었습니다.
나무가 가을에 고운 낙엽으로
이파리를 떨어뜨리는 것은
겨울밤 별을 열매로 달기 위함이라는
생각이 들었지요.

밤 새워 바람은 문풍지를 못살게 굴었습니다.
나무에 매달린 별들이 바람에 다 떨어져 버릴까
걱정이 들 만큼 겨울바람은 차고 매서웠습니다.
밤이 지나고 아침이 되었는데
다 떨어진 옷을 입고 남자 한 사람이

산사로 찾아들었습니다.

고독 때문에 가슴 타버린 남자를
진짜로 본 적이 있습니까?

그 남자는 산에서 밤을 맞이했는데
집도 없이 떠돌아다니는 사람이었습니다.
예전 이 산사에서 고시공부를 했다는데
까만 얼굴임에도 준수한 용모였습니다.
옷은 다 떨어지고
가슴에 시커멓게 상처가 나 있었습니다.

옷을 하나 주면서
몸이 왜 이 모양이냐고 물어보았습니다.
어젯밤 너무 추워 불을 피웠는데
불을 피워도 추워 불을 안아버렸다는 것입니다.
그래서 가슴에 상처가 난 것이라고.

혼자서 산속에서 밤을 보내기엔
너무 추운 밤이었고
혼자서 보내기엔 얼마나 고독하였을까를
생각해 보았습니다.

그 남자는 고독 때문에 진짜 가슴이
새까맣게 타버린 남자였습니다.

창작!
사랑합니다

　군대를 제대하고 2학년 2학기에 복학을 하였고, 가람 문학회란 동아리에 가입하여 본격적으로 글을 썼다. 가람 문학회 동아리 방에 담요를 가져다 놓고 아예 그곳에서 숙식을 하였다. 정기모임은 일주일에 한 번이었지만, 밤마다 회원들이 모여 술을 마시며 문학이야기를 했다. 이제껏 혼자 글을 쓰다 함께 하는 합평회는 글을 쓰는 지평을 넓혀주었다. 그러다 가을 시화전이 열렸고 처음으로 시화를 만들어 걸었다. 그때 출품한 시이다.

詩 ——————————————————————————
K에게

하늘 어둠, 땅 어둠

서로 부딪혀 불 밝히는
아침을 갈망하며

산모의 아픔으로
참아가는 참아가는 침묵과

칠 흙 속
숱하게 뒤엉킨
ㄱ,ㅗ,ㄹ,ㅁ,ㅗ,ㄱ,에 내던져진

돌기만 반복하는
침묵 침묵들

한 때는 봄의 친구로
부드러운 햇발로만 지켰지만

찬 서리로 돌아서 봄을 여읜
장미에게

그대의 봄이 되리
탄생하는 아침이면,

2학년이 지나고 3학년 초 도서관에서 공부하고 있는데, 당시 국문과 학회장
이었던 김연규 형과 우수진이 나를 찾아와서 신입생 오리엔테이션을 하는데
음료수를 날라달라는 부탁을 하였다. 음료수 상자를 들고 찾아간 강의실에서
는 신입생을 상대로 학회에 대한 소개가 한창이었다. 학회 중에는 내가 꼭 하

고 싶었던 창작도 있었다. 창작은 국문학과에 입학한 학생 중 글을 쓰고 싶은 사람을 위한 소모임이었다. 창작은 처음 시작이었고 내가 가장 선임학번이었기에 우수진과 함께 창작을 이끌었다. 그러다 보니 자연스레 가람문학회와는 멀어졌고, 창작은 학창시절 모든 정성을 기울인 모임이 되었다.

"국문과 후배는 내 후배가 아니다. 창작 후배만이 내 후배다."

후배들에게 이와 같은 말을 할 정도로 창작에 대한 애착이 강했다. 창작은 주중 정기모임뿐만 아니라 일 년에 두 번 시화전을 개최하였고, 방학을 이용해 문학여행을 떠나기도 하였다. 또한 겨울철에는 창 밤이라는 행사를 했는데, 이 날은 밤새도록 술을 마시며 문학을 이야기하는 날이기도 했다.

창작을 둥지로 재학 중에 많은 글을 적었다. 추리고 추린 글들을 모아 개인 문집으로 엮었다. 세상에 하나밖에 없는 나만의 시집이었다. 하지만 그 시집은 지금 남아 있지 않다. 졸업할 때 창작 후배들이 기념문집을 만들어주겠다며 달라고 해서 빌려주었다. 하지만 아직 돌려받지 못했다. 빌려 간 후배의 실수로 분실해버린 것이다.

詩 ————————————

시든 노란 장미

달에다 노란 장미를 심었다.
밤마다 달빛은 노란 향기 발했고
나비처럼 그 향기 따라 밤을 날았다.

지난겨울

시베리아로부터 온 바람은
달을 얼리고 장미를 얼려

밤은 추위와
어둠만 가득하였다.

달빛이 그리워 모닥불을 피웠으나
언 가슴의 세포를 녹일 수 없었고

불을 쓸어안고 향기를 찾았으나
밤마다 하나씩 흉터만 남았다.

어둠은 어둠을 낳고
슬픔은 슬픔을 낳고

그대여, 이 가슴을 위해
어떤 꽃씨를 준비했는가?

　창작 생활을 할 때 적은 글이다. 졸업하고도 수시로 창작을 찾아갔다. 그런데 함께 창작을 시작한 우수진이란 친구가 수술을 받다 유명을 달리했다. 그러다 보니 내가 최고 선임자가 되었고 우수진 친구의 바람을 끝까지 지켜주기 위해 창작을 어떤 가치보다 우선하며 사랑했다. 그 생활이 30년 가까이 지속하였고 지금도 창작을 향한 발걸음은 계속되고 있다. 창작은 신춘문예 등 수많은 글쟁이를 배출했고, 초등학교 교과서에도 글이 실린 작가를 배출했다.
　"창작! 사랑합니다.
　우리의 건배사이다.

마치는 글
글쓰는 시간

생각은 뇌에 정리가 되지 않은 상태로 존재한다. 청소되지 않은 창고이며 문이 닫혀있어 맨눈으로 볼 수 없다. 필요한 것을 찾으려면 창고의 문을 열고 어지럽혀진 여러 가지의 생각 중에서 찾아야 한다. 찾는다고 해서 그 창고에 있는 것 중에서 자신에게 꼭 필요한 최선의 생각인지 검증할 수 없다. 필요할 때는 시간이 임박한 상태가 대부분이고, 찾는 시간은 한계가 있기 마련이다. 그러다 보니 손에 잡히는 데로 생각을 들고 나와 말을 하거나 행동을 한다. 그것은 100m 달리기에서 눈을 감고 달리는 것과 같다. 달리다 다른 방향으로 갈 수도 있으며, 발을 헛디뎌 뛰다가 넘어질 수도 있고 목표가 보이지 않으니 다른 사람과 부딪힐 수도 있다.

글을 씀으로써 뇌의 창고에 들어있는 생각을 정리할 수 있으며, 뇌의 생각을 글로 적음으로써 눈을 통해 활자로 확인할 수 있게 한다. 그것은 100m 달리기에서 눈으로 목표물을 확인하는 경우와 같다. 달리기는 개인의 역량에 따라 결과가 달라지지만, 아무리 뛰어난 선수라 해도 눈을 감고 달리기란 쉽지 않다. 많은 사람이 눈을 감고 100m를 달린다. 그 사람들 속에서 눈을 뜨고 달릴 수 있다는 것은 엄청난 특혜이다. 그렇다. 글쓰기는 그런 엄청난 특혜를 받는 행위이다.

한 가정의 가장으로서 생계를 유지하기 위해 돈을 벌어야 했다. 하지만 돈 버는 일이 쉽지 않았고 하는 일마다 나와 맞지 않는 경우가 대부분이었다. 그만두기도 하고, 잘리기도 했다. 아마 그런 나를 보고 문제가 있는 사람이라고 말할 수도 있을 것이다. 물론 문제가 있다. 하지만 문제가 있음에도 불구하고 나는 새롭게 시작했다. 일을 그만둘 때마다 절망했고 좌절감에 술을 마셨다. 그러다 보니 어느새 알코올 중독자가 되어있었다. 다른 알코올 중독자와 다른 점이 있다면 글을 썼다는 것이다. 글을 쓰는 자체만으로, 어떤 합리적인 결과가 도출되지 않아도 새로운 힘이 솟았고, 넘어질 때마다 다시 시작할 수 있게 했다. 스무 번 넘는 일을 가졌고 스무 번 넘게 좌절했다. 하지만 난 돈을 벌어야 했고 다시 시작해야 했다.

다시 시작할 수 있게 했던 힘은 두 가지다. 내적인 힘은 정신을 정리하여 글을 씀으로써 활자로 보이는 내가 처한 상황이며, 외적인 힘은 나를 걱정해주고 격려해준 가족이다. 글쓰기와 나를 사랑해주는 가족이 있었기에, 넘어질 때마다 좌절과 절망은 했지만, 다시 일어설 수 있었다.

글을 씀으로써 나의 문제를 발견할 수 있었다. 스트레스를 받으면 술로 풀었다. 술을 마시는 이유를 그렇게 생각했다. 그런데 글을 쓰면서 느낀 점은 술을 마시기 때문에 스트레스를 받는 일이 생긴다는 것이다. 술을 마시고 잠을 자도 다음 날까지 완전히 해독되지 않는다. 스스로 인식하지는 못해도 몸과 생각이 온전하지 못한 상태이다. 그런 상태에서 달리기하면, 술을 마시지 않은 컨디션이 좋은 선수들과의 경쟁에서 당연히 뒤처질 수밖에 없다. 술을 마시면 제대로 일을 하지 못한다는 것을 일반화하고자 하는 것이 아니라 나의 경우 그렇다는 이야기이며, 글을 쓰면서 나의 문제점으로 인식한 것이라는 말을 하고 싶은 것이다.

매일 술을 마시니 100m 달리기에서 뒤처질 수밖에 없고, 그런 직원을 고용주나 상사가 좋아할 리 만무하다. 그러다 보면 잘리게 되고, 그러면 또 좌절하여 술을 마시고 하는 악순환이 되풀이되었다. 처음에는 이런 사실을 인지하지 못했다. '술 권하는 사회'라는 말이 있듯이 모임에는 술이 없는 경우는 많지 않다. 그렇기에 술을 마시는 것이 뭐 어때서라는 자기 합리화가 있었고, 그런 생각으로 술을 마시다 보니 어느새 술은 삶의 일부로 자리 잡았다. 그렇게 술을 마시면서도 알코올 중독자는 나와는 다른 세계의 사람으로 인식했다. 글을 쓰는 어느 시점에 '당연히 마신 술'이 내 인생을 망친다는 것을 알게 되었고, 바로 내가 알코올중독에 빠졌다는 사실을 인지하게 되었다. 하지만 중독은 쉽사리 나를 자유롭게 해주지 않았다. 술부터 끊자는 생각으로 일을 쉬었고, 알코올클리닉을 받으며 술 마시는 습관부터 버리려고 했다. 일하지 않으니 주위로부터 받는 스트레스도 거의 없어 3개월 동안 술을 입에도 대지 않았다. 술을 완전히 끊었다고 생각했다. 다시 일을 시작했다. 어느 날 감당하기 어려운 폭탄 같은 스트레스가 찾아왔다. 금주의 벽은 무너졌고 다시 술을 마셨다.

술을 마시니 좌절의 농도는 더욱 짙어졌다. 그런 와중에도 글을 썼다. 그리고 내 생각을 정리하니 다시 일어설 힘이 생겼다. 하지만 술을 끊지 않자 상황은 다시 나빠져, 어느 순간 벼랑의 끝에 서 있는 나를 발견하게 되었다. 나와 가족들 모두는 지쳐있었다. 하지만 내가 글쓰기를 포기하지 않은 것처럼, 가족도 마지막까지 나를 포기하지 않았다. 특히 노모의 안타까운 눈은 이젠 더 금주를 미루면 안 되겠다는 생각을 하게 했고, 다시 알코올 클리닉을 찾아가 약을 먹으면서 금주를 실천했다. 이번에는 막일을 하면서 한 금주였다. 그리고 3년여 시간이 지났다. 그리고 난 술의 감옥에서 탈출했다. 다시는 그 속으로 걸어가는 미련한 행동을 하지 않을 것이다.

　글을 쓰지 않았더라면 벌써 폐인이 되어있지 않았을까? 라는 생각을 하면 끔찍하다. 이 글을 읽는 독자가 글을 쓰지 않고 있다면 지금부터라도 글쓰기를 시작하기 바란다. 하루에 단 한 줄이라도 적으면, 그다음 날은 두 줄을 적을 수 있고 한 달이 지나면 하루에 1페이지를 쓸 수 있다. 글은 결코 잘 쓴 글만 좋은 글이 아니다. 자기 생각을 눈으로 볼 수 있게 정리한다는 마음으로 쓰면 자신에게만은 그것이 최고로 좋은 글이 된다. 그렇게 하다 보면 다른 사람도 공감할 수 있는 글을 쓸 수 있게 되는 것이며, 작가가 되어 책을 낼 수도 있다.

　이 글을 읽는 사람이 술을 매일 마시는 사람이라면, 스스로 알코올중독임을 인정하고 가까운 알코올 클리닉 센터를 찾기 바란다. 사람의 손은 두 개다. 한 손으로는 술잔을 한 손으로는 가족이나, 일 두 가지를 모두 잡을 수 없다. 술잔을 놓아야 일과 가족을 잡을 수 있다. 절제가 가능한 상태라도, 보이지 않는 건강에 영향을 미칠 수 있기 때문에 끊는 것이 좋다고 생각한다.

　수많은 좌절을 하고 절망을 했다. 하지만 다시 일어섰다. 7전 8기가 아니라 20전 21기다. 세상을 살다 보면 누구나 넘어질 수 있다. 하지만 다시 일어서는 것이 중요하다. 넘어지고 깨어진 나의 삶이 이 글을 읽는 사람에게 위안이 되고 공감이 되어 다시 일어서 앞으로 나아갈 수 있게 한다면 그것보다 더 큰 보람은 없겠다.

난 다시 일어서서 가족에 대한 글을 쓴다. 작은 것 하나하나, 숨결 하나하나에서 소중한 가치를 발견하려 하고 있다. 그것과 더불어 사람에게 다가가 그 사람의 삶의 가치를 적고 싶다. 사람이 목적이고 사람이 결과이기 때문이다.

내게 있어 글은 삶이다. 내 두 발은 펜이며 살아가는 땅은 백지다. 내가 걸어가는 발걸음이, 떼어놓는 발자국 하나가 하나의 글자이며, 하루를 걸으면 하루 분량의 삶이 적어진다. 내가 살아가는 시간은 결국 '글 쓰는 시간'이다.